DE LA MÊME AUTEURE

L'hiver de pluie, XYZ, 1990 ; Bibliothèque québécoise, 1997.
La pêche blanche, Leméac, 1994 ; Bibliothèque québécoise, 2001.
La héronnière, Leméac, 2003 ; Babel, 2005 ; Nomades, 2015.
La sœur de Judith, Boréal, 2007.
Chemin Saint-Paul, Boréal, 2015.

LA DANSE JUIVE

Couverture : Nadeyeva Tatiana / Shutterstock.com

Leméac Éditeur remercie le Conseil des arts du Canada et le gouvernement du Canada, la Société de développement des entreprises culturelles du Québec (SODEC) et le Programme de crédit d'impôt pour l'édition de livres du Québec (Gestion SODEC) du soutien accordé à son programme de publication.

Canadä

ISBN 978-2-7609-3655-3

Imprimé au Canada

Lise Tremblay

La danse juive

roman

NOMADES

merci à Irène
pour son aide et son soutien

I

Ma mère m'attend devant chez moi.

J'ignore depuis combien de temps elle est là. Le moteur de sa voiture est en marche. La fenêtre de sa portière est entrouverte. Je m'approche. Ma mère dort, la tête renversée vers l'arrière, son dentier dans la main gauche. Près d'elle, sur le siège à côté, tous les vieux magazines qu'elle m'a apportés. Elle achète religieusement tous les hebdomadaires où s'étale la vie de nos vedettes locales. À la fin du mois, elle me les apporte. C'est notre lien.

Je cogne à la fenêtre. Elle ouvre les yeux, replace ses dents en grimaçant. Sa bouche doit être sèche. Elle consulte sa montre. Il est près de dix heures du soir. Elle dit qu'elle ne pensait pas que j'allais rentrer si tard. Elle ne regarde que mes yeux. La vie de ma mère peut se résumer en trois phrases ; phrases répétées tous les après-midi dans les émissions télévisées qu'elle regarde avec madame Dufresne, la propriétaire de la boutique où elle travaille. L'image s'impose. Une femme, ma mère, se lève à l'arrière de la salle, la caméra fait un gros plan. La femme est trop maquillée, elle porte un chandail tissé de fils d'argent qui font des reflets désagréables à l'écran. Elle dit que son mari l'a quittée pour une femme plus jeune, l'émotion monte, elle retient un peu ses larmes. Son groupe d'entraide l'a soutenue. Applaudissements. C'est pour cela qu'elle est venue aujourd'hui : pour témoigner. Sauf que tout cela ne dit rien, rien de la grimace de ma mère pour remettre ses dents, rien non plus des deux verres de Southern Comfort qu'elle boit tous les soirs avant de dormir. Rien du fait qu'elle n'achète jamais sa bouteille dans la banlieue où elle habite. Rien non plus du soulagement qu'elle a éprouvé lorsque mon père est parti. Elle l'avait attendu des mois devant la fenêtre de la cuisine.

Depuis quelque temps, j'ai toujours cette vision de ma mère en train de vider ses tripes sur un plateau de télévision.

Elle me suit dans l'escalier.

Je sais que le brun foncé des murs et l'odeur de chou vinaigré de la *pupuseria* du rez-de-chaussée de l'immeuble la précipitent dans une impression de pauvreté intolérable. Je pousse la porte ; je fais comme toujours le tour de mes trois pièces. Je mets ma cape noire dans la garde-robe du petit corridor. Ma mère garde son manteau. C'est plus fort qu'elle : elle a décrété une fois pour toutes que cet appartement était sale, malgré les énormes quantités de peinture qu'elle m'a vue mettre lorsque j'ai emménagé. Curieusement, cela ne me fait plus souffrir. Elle s'assoit à la table de la cuisine, dépose la pile de magazines devant elle. Sur l'une des premières pages, mon père pose fièrement avec sa nouvelle flamme. Derrière eux, une maison blanche avec une véranda. Le kitsch américain dans toute sa splendeur. J'allonge le bras, prends le magazine, regarde la photo en détail. Mon père a recommencé à grossir, beaucoup ; il va redevenir comme ses frères, comme moi, un bel obèse bien rose. Il doit mourir de peur. C'était le seul de sa famille qui avait réussi à se débarrasser de sa graisse, au prix d'efforts immenses. Sa greffe de cheveux n'est pas très réussie. Je dis à ma mère qu'on dirait qu'il a des poils de pubis sur la tête. Elle ne répond pas.

Je sors le café décaféiné en poudre que j'ai acheté pour elle. Cela me rappelle ma grand-mère. Elle s'en fait tous les soirs. Cela lui procure une activité. Je m'assois aussi. Mes chevilles me font mal. C'est l'âge. Ma graisse commence à être lourde à porter. J'attends le sifflement de la bouilloire pour me relever. Je commence à compter mes pas, surtout le soir. Il y a une légère odeur de gaz qui s'échappe du feu. Ma mère trépigne sur sa chaise. Elle va dire qu'elle n'aime pas cela, que ce n'est pas sécuritaire. J'attends qu'elle ouvre la bouche. Elle ne dit rien. Je souris. Elle est lasse. Il est tard.

Elle ne regarde que mes yeux.

La lumière clignote sur mon répondeur automatique. Je ne prends pas mes messages, j'attends que ma mère soit partie. Je me demande si elle sait que j'ai une vie en dehors de ses visites. Elle porte des bas moutarde, d'un jaune plus soutenu que son tailleur. Elle a une silhouette élancée. Elle peut revêtir tout ce qu'il y a en montre dans le magasin. C'est pour cela que mon père l'avait épousée, parce qu'elle ne deviendrait jamais grosse comme les femmes dans sa famille à lui. Ma mère le savait, il n'arrêtait pas de le dire. Nous entendons des gens crier à l'extérieur. Ils parlent espagnol. Ils sortent du restaurant un peu éméchés. Ma mère dit : c'est bruyant. Je ne réponds pas. Elle regarde les livres qui traînent sur le comptoir de cuisine. Elle les soupèse, lit quelques résumés. Parfois, il arrive qu'elle reparte avec un. Je ne sais pas si elle les lit, elle n'en parle jamais. D'autres cris, une voix de femme, ma mère sursaute. Elle se lève. Je propose de l'accompagner à sa voiture. Elle dit : je n'ai pas peur. Depuis que mon père est parti, elle n'a plus peur de rien, sauf de la saleté. Paul affirme que c'est une peur de banlieue, que sa mère a la même. J'entends le bruit des talons hauts de ma mère résonner dans toute la maison. Je sors sur mon balcon. Elle se retourne, me fait un signe de la main.

Sur mon répondeur, Paul m'apprend qu'il ne pourra pas faire sa répétition du lendemain. Il me demande de le remplacer. La classe est à dix heures, dans la salle du devant, celle où l'on gèle et où les gens s'arrêtent pour apercevoir les danseuses. Il dit qu'il a laissé les partitions sur le piano. Il ne sait pas qui donne la leçon. Je verrai bien. Il y a un autre message, la voix est traînante ; Mel se couche, si j'avais été là, il serait venu dormir. La voix parle de cuisse chaude. Je n'écoute pas le reste du message. Je veux manger. Il reste du riz aux tomates dans un plat. J'ai faim. J'allume le gaz. Tout va très vite. Le riz brûlant m'emplit la bouche. Je mange à même la casserole. Je prends tous les magazines sur la table et les apporte au salon. Je commence par celui où l'on voit mon père déguisé en homme serein qui regarde son jardin. Il a pris la pose. Je sais que son pied devait sautiller ou qu'il devait regarder l'heure sans arrêt ou qu'il surveillait les propos de sa nouvelle flamme, parce que même mince, même bien habillée, elle gardait un côté *cheap*. C'est Paul qui a trouvé le mot après avoir cherché des semaines à définir les fautes qu'elle commettait lorsqu'elle s'exprimait en entrevue, pour expliquer sa coiffure trop bouffante et le ton mielleux de sa voix. Après, il l'avait répété plusieurs fois et cela avait sonné juste.

C'est plus fort que moi, je lis tous les articles où il est question de mon père. Je transporte les revues dans mon lit. Je ne manque pas une ligne.

Je me lève à l'aube.

Je suis contente de me réveiller dans cette chambre, surtout l'été où la couleur des murs modifie la lumière du jour. Les murs de ma chambre sont « bleu restaurant-grec », c'est Paul qui a trouvé la formule. Il a raison, les murs de la pièce sont exactement de la même couleur que ceux du restaurant de la rue Saint-Viateur où nous allons souvent manger des souvlakis pita. Paul n'aime que la salle du devant, celle où les planchers sont en terrazzo gris. Il refuse de s'asseoir au fond du restaurant : il affirme que la nourriture goûte la poussière des vieux tapis.

Je marche pieds nus dans l'appartement. Le sol est froid mais j'aime sentir le bois peint sous mes pieds.

Ma cuisine sent un peu le chou vinaigré. J'entends la cuisinière du restaurant pétrir la pâte des *pupusas*. Elle fait cela pendant des heures et les échos de voix que j'entends ressemblent à une prière.

La tasse de ma mère est encore sur la table. Je retourne dans ma chambre, ramasse les magazines. En partant, je les déposerai devant la porte d'Yvonne. Je ne l'entends pas, elle doit être encore couchée. Yvonne habite depuis trente ans l'appartement au-dessus. Je n'ai vu qu'une femme lui rendre visite ; elle et Yvonne lavent pendant des heures les vêtements vendus au bazar de l'église. J'ai pris l'habitude de lui refiler les revues de ma mère. Yvonne dit que je lui donne de la lecture.

Je repense à mon père. Je fais toujours comme si cela ne me concernait pas. Je le vois une fois l'an avec ma mère et mon frère dans un grand restaurant du Vieux-Montréal. Le reste du temps, je ne lui parle qu'au téléphone, les jours où il est très angoissé et où je sais qu'il a téléphoné à la maison entourée de sapins de son enfance et qu'il a essayé encore une fois, sans résultat, avec une voix incertaine, de faire lever un vieil homme de sa chaise et de lui parler, à encore tenter de l'atteindre. Je sais qu'après ces appels, mon père a le souffle court pendant des jours et qu'il ressent une étrange culpabilité, comme s'il avait manqué de force morale.

Mon père nous invite dans un endroit que seuls les anglophones et les touristes riches fréquentent ; il ne risque pas d'y rencontrer quelqu'un. Ma mère, lors de ces repas, regarde partout alentour. Elle a peur, bafouille, parle de la boutique, des voisins que mon père a connus du temps qu'il habitait avec elle. Les premières fois, mon père jubilait. Il croyait nous en mettre plein la vue.

Il n'y avait que ma mère qui était impressionnée.

Mon frère, dès la deuxième année, est venu seul, sans sa femme. Moi, j'avais acheté à New York une robe rouge exprès pour l'occasion. Je la remets chaque année. Je deviens une grosse femme obèse très voyante. Nous avions organisé notre résistance. Lorsque nous l'avions vu, assis sur sa chaise, le regard contrarié, nous avions su que nous lui échappions.

Mon frère et moi ne parlons jamais de lui.

Je décide de me rendre à pied à l'école de ballet. Ce n'est pas très loin, à peine vingt minutes de marche. Je prends mes gants sans doigts. J'en aurai besoin pour la deuxième partie de la classe. La rue Saint-Denis est bondée de voitures, toute la banlieue nord s'y déverse à l'heure de pointe. Je marche lentement car le trottoir est plein de plaques de glace. J'ai le temps d'observer les automobilistes arrêtés. Ils attendent, beaucoup sont complètement figés, légèrement penchés sur leur volant. J'essaie d'imaginer leur vie. Je les soupçonne tous de regarder les inepties de mon père. Paul dit que c'est mon délire : les émissions produites par mon père ne sont pas pires que les autres. Je dis qu'elles sont plus américaines, plus nouveau riche. Paul finit toujours par dire qu'il réussit. C'est le mot ultime. Mon père réussit : il n'y a rien à redire. Ceux qui réussissent sont les nouveaux envoyés de Dieu.

La salle de répétition est presque vide. Quelques danseuses parlent tout bas dans un coin. Elles me saluent d'un signe de tête. Paul a laissé un mot sur la partition ; je dois la lui rapporter. Il m'attendra au café du Chinois après la leçon. Il a ajouté qu'on ne mangerait pas là. Il sait que je trouve cela infect.

Je lis lentement les notes. C'est une pièce simple. Je règle le métronome à *moderato*.

La salle se remplit. Les danseuses sont déjà à leur place. Elles comptent leurs pas, tournent sur elles-mêmes, recommencent, se surveillent. Certaines laissent échapper un soupir. Elles souffrent déjà. J'observe par la fenêtre. Le « maître » arrive, habillée d'une combinaison de laine, drapée dans un châle de la même teinte. Elle vient de sortir d'une voiture qui l'attendra toute la séance. C'est le maître que je préfère, les danseuses aussi, mais elle n'enseigne qu'en dernière année, elles doivent subir pendant des années des fous qui les traitent de tous les noms avant d'avoir un tel professeur.

La femme a gardé son châle, elle ouvre les bras. Toutes les filles sont recueillies ; de toute la séance, elle restera silencieuse. Elle les dirige avec ses mains, avec son corps, mais elle ne leur parlera qu'à la fin pour leur dire ce qu'elles devront travailler jusqu'à la prochaine fois. Elle me dirige aussi du regard. Parfois, je dois cesser de jouer. Elle écarte le rang des danseuses, leur fait reprendre une par une un seul pas. Il m'arrive de croire qu'elle a les yeux fermés, tellement elle est concentrée. Les danseuses respirent au même rythme, on entend le bruit des pointes sur le bois, les notes. De loin, je vois les mains maigres du maître sur leurs têtes.

La voiture verte est stationnée devant l'école. Son mari attend à l'intérieur. Il attendra aussi longtemps qu'il le faudra. Le maître prolonge souvent la leçon. Cela fait des histoires. L'école est obligée de payer l'accompagnateur plus longtemps, la classe des petites doit attendre. Ces jours-là, elle écoute les protestations du directeur en silence puis repart drapée dans son châle. Elle est habillée de la même façon, été comme hiver. Elle se cache, sa peau colle à ses os et sa mâchoire est énorme sur son cou frêle. Je la regarde. Les filles sont silencieuses, confiantes. La leçon n'a plus de durée, elle n'est que souffle. Le maître respire avec les danseuses, elle force les muscles de son ventre pour respirer. Elle finit la leçon sur un signe de la main. Elle lève les yeux vers l'horloge murale, elle a encore dépassé l'heure, elle hausse les épaules. Les filles l'entourent, elle leur parle à voix basse. Elle touche chacune d'elles. Elle me remercie d'un signe. Elle s'enroule dans son châle, s'y enfouit la tête. Je la surveille. Elle monte dans la voiture verte, se découvre et essuie la sueur de son front avec une serviette que l'homme lui tend.

J'ai une demi-heure de retard. Paul discute avec le Chinois et des danseuses. Ils parlent tous en riant, surexcités par les doubles espressos qu'ils viennent d'avaler. Le Chinois fait du bon café, Paul dit que ça, je dois le reconnaître. C'est vrai et en plus, on peut rester des heures à lire sans que personne vous dérange. Plusieurs danseuses viennent y manger des sandwiches et des cuisses de poulet à deux dollars qui traînent toute la journée dans un liquide brun. Le Chinois appelle cela des cuisses épicées. Les danseuses affirment qu'elles sont bonnes et qu'avec toutes les épices dont le Chinois les enduit, il n'y a aucun danger de s'empoisonner.

Paul et moi discutons souvent face à la fenêtre en regardant les clients faire la queue pour aller manger au *diner* américain d'en face. Je dis toujours à Paul qu'ils manquent le meilleur, ce *diner* est extraordinaire de l'extérieur. Le propriétaire l'a fait démonter aux États-Unis et l'a fait reconstruire au coin des rues Saint-Denis et Gilford sur un ancien terrain vague. Les hamburgers sont hors de prix. Paul dit toujours qu'il faudrait qu'on y aille. Il le dit depuis que c'est ouvert et nous ne faisons que le regarder de l'extérieur, bien au chaud dans le café du Chinois, engourdis dans une odeur de gingembre et de mélasse.

Paul me regarde. Nous parlons un peu du bon maître. Je suis affamée. Je dis à Paul que je suis une vraie obèse, je n'ai qu'un café dans le corps depuis le matin. J'ai envie de souvlakis pita mais plus encore que de nourriture, j'ai envie de l'odeur du sang brûlé sur le gril, de chaleur. Je pense à la face rougie des cuisiniers grecs, à leur figure luisante, à leurs bras puissants. Des bras forts, conçus pour un effort physique intense et condamnés à ce métier d'exil.

Paul veut aller sur Saint-Viateur. Nous nous y rendons à pied, longeons la rue Saint-Denis jusqu'à Laurier puis prenons vers l'ouest, vers Saint-Laurent.

Devant Chez Claudette, des clients font la queue, il est un peu plus de midi et demi. Nous rions. Nous apercevons une femme avec une poitrine immense secouant des paniers de frites. C'est un drôle d'endroit, une sorte de restaurant de province perdu dans Montréal. J'ai toujours l'impression que les serveurs sont plus ou moins cousins, plus ou moins mal pris, qu'ils travaillent là en attendant. Je dis à Paul que c'est comme un restaurant d'immigrants, mais d'immigrants de province, même la patronne semble attendre d'avoir fini d'amasser l'argent nécessaire pour s'en retourner dans son Saguenay natal. Je ne sors jamais de là sans parler de sa propreté, de sa corpulence et de la blancheur de ses tabliers. La clientèle est baroque. Indescriptible. Le reste de ce tronçon de Laurier est horrible, des maisons vides, une taverne dont l'extérieur est peint orange vif, une couleur de pauvre. En face, des bureaux gouvernementaux. J'essaie de ne pas les voir, j'attends l'apparition de la caserne de pompiers au coin de Saint-Laurent comme une délivrance. Paul et moi l'appelons le Château. Nous rejoignons Saint-Viateur par une rue parallèle à Saint-Laurent, les maisons sont souvent ornées d'images pieuses en céramique ou de grottes en forme de coquillage qui abritent la Vierge. Certaines grottes sont vides, les propriétaires rangent la Vierge pour l'hiver.

J'aime cette ville. Paul aussi. Nous n'en parlons jamais. À mesure que nous approchons de Saint-Viateur, nous rencontrons des enfants hassidim. Ils ne nous regardent pas. Puis c'est le restaurant. La clientèle du midi commence déjà à partir. Il y a une table libre près de la fenêtre. Une serveuse nous fait un signe de la tête. Nous pouvons y aller. Elle a de grosses jambes lourdes supportées par des pieds larges chaussés de souliers orthopédiques blancs. Je dis à Paul que, dans ce restaurant, toutes les serveuses ont les jambes lourdes et disproportionnées par rapport à leur corps. Paul dit que c'est le terrazzo. Vingt ans de terrazzo rendent les jambes lourdes. Je ne consulte pas le menu qu'elle a laissé sur la table, je ne la regarde pas s'approcher. Je sais qu'elle est là à cause du son de ses semelles sur le plancher. Elle nous connaît de vue. Elle sait qu'elle aura un pourboire. Elle ne fait pas de manières. Il y a des clients comme ça. Ils n'aiment pas les courbettes, elle le sait tout de suite. Je veux des frites et deux pitas avec un coke en canette. Elle acquiesce, elle savait déjà pour le coke. Elle va déposer la commande à la cuisine, elle est déjà ailleurs. Je regarde dans la rue. Des hommes en longs manteaux noirs se promènent par petits groupes, les mains derrière le dos. Je suis bien, dépaysée, à vingt minutes de mon appartement. Paul attend, remet les partitions en ordre dans son sac. Il le referme, suit du regard un groupe d'hommes. Il dit qu'il pense qu'il devra s'absenter souvent de l'école au cours des prochaines semaines. Il a accepté d'accompagner une chanteuse pour un spectacle. Il dit que le concept est bon. Il est rare que Paul parle ainsi. Le mot « concept » ne fait pas partie de son vocabulaire. Il ne dit rien, c'est comme si le mot lui avait échappé. Il a vu que j'avais réagi. Je demande de qui il s'agit. C'est une chanteuse connue, une excellente interprète. Une chanteuse que j'aime. Chose rare.

Paul est un bon pianiste. Tout le monde le disait au conservatoire. Il dit que cela me fera plus d'heures au conservatoire et au ballet. C'est toujours Paul qui me trouve du travail. Je dis : c'est bien. Je mange en silence. Je salis ma robe comme le font toujours les grosses femmes. Je me mets à parler des articles que j'ai lus la veille, je parle du crâne de mon père en disant le mot « pubis » fort. Je veux l'humilier. Paul écoute. Nous rions. Je sens le haut de mon corps s'alourdir. Je suis bien. La nourriture me comble. Le mot « concept » me reviendra plus tard. Je redemande une portion de frites, l'inonde de ketchup ; il y a des dizaines de petits sachets vides autour de mon assiette. C'est un festin. Paul dit qu'on ira prendre le café un peu plus bas dans la rue. Ils font de bons espressos très tassés. L'endroit est bourré d'Arabes très élégants, habillés de vestes en cuir et chaussés de souliers italiens même en hiver. Je me demande toujours comment ils font pour survivre dans un tel climat. Paul et moi y passons de longues heures lorsque nous n'avons pas de cours, au début de l'été. Paul attend que j'aie fini mes frites. C'est lui qui se lève pour payer. La serveuse lui donne l'addition devant la vitrine des desserts où des centaines de baklavas sont étalés, dégoulinant de miel. Je le suis en remettant ma cape.

Il a neigé pendant des jours. Les rues sont couvertes de neige sale et boueuse. J'ai du mal à marcher. Je rentre enfin, épuisée. Yvonne est en train de nettoyer l'escalier d'entrée. Je suis un peu gênée d'arriver et de laisser mes traces sur son parquet propre. Elle voit bien que j'hésite. Elle me dit de monter, que je suis une des seules locataires qui ne devrait pas s'en faire avec ça. Je monte. Yvonne me suit avec la moppe pour effacer les empreintes de mes bottes. Elle me fait confiance depuis qu'elle m'a vue, un jour, laver les marches de l'escalier. Avant, elle ne m'avait jamais adressé la parole. Je rentre, laisse ma porte ouverte...

Nous nous parlons seulement sur le palier. Elle n'entre jamais chez moi et je n'ai jamais mis les pieds chez elle. C'est comme un code. Elle n'aime pas les intrusions, Yvonne, et elle le fait sentir. Elle a peur de tout : du propriétaire, des lettres recommandées, du gouvernement et des hommes. Je sais peu de choses d'elle. Elle a travaillé pendant vingt ans dans une manufacture de soutiens-gorge, puis elle a perdu son emploi. Yvonne dit toujours : à cause des importées et du syndicat. Il n'y a rien à ajouter. Yvonne dit cette phrase sur le ton du destin comme on raconte la mort de quelqu'un. Elle a vécu avec sa sœur dans son trois-pièces pendant vingt ans et lorsqu'elles ont placé leur mère, comme dit Yvonne, sa sœur a repris son logement. Yvonne reçoit de l'aide sociale et fait des ménages chez ses neveux pour aider. Elle me l'a répété : pour aider. Yvonne n'a jamais eu de neveux.

Yvonne a remarqué que je sortais tous les matins. Je dis que je remplace quelqu'un au travail. Cela me fait plus d'heures. Yvonne me fait un petit signe en claquant ses doigts qui veut dire plus d'argent. C'est un geste courant, mais je ne sais pas pourquoi, là, dans cette cage d'escalier brune, il me blesse. Je referme ma porte derrière moi.

Les vêtements de Mel sont encore accrochés au dos des chaises de la cuisine. Je me souviens de la veille, un souvenir excitant qui me rend mal à l'aise maintenant. La cuisine est en désordre, les bouteilles d'alcool sont alignées sur la table. Mel est ressorti au milieu de la nuit pour en acheter. Je dormais déjà. Mel peut tout avoir à Montréal en pleine nuit. Il dit qu'il arpente la rue Marie-Anne depuis qu'il a trois ans. J'aurais préféré qu'il soit parti.

Je viens de faire répéter pendant deux heures une élève du conservatoire dont la voix ne dépassera jamais les limites des murs de l'école de musique. Une vieille adolescente sage, maigre, visiblement en dessous de son poids, avec une petite voix bien placée. Le professeur qui donnait la leçon répétait le mot « bien » à chacune des pièces. Mes doigts s'accrochaient souvent. J'avais trop bu la veille et mes mouvements étaient lents. La fille me regardait sévèrement avec un air hautain. Elle ressemblait à s'y méprendre à Alice. Le corps surtout. Un corps sec et dur, soumis chaque jour à un entraînement sérieux, un entraînement mesuré par des machines et des tableaux quadrillés. J'étais sortie du studio en sueur, exaspérée, impatiente de prendre un bain.

J'aurais préféré être seule.

Mel est couché sur le sofa du salon, deux boîtes de biscuits Ritz vides à côté de lui. Il dort toujours. Je l'appelle. Il ouvre les yeux. Il dit qu'il part. Le matin, son accent anglais est plus fort. Il me fait signe de garder le silence. Je lui dis de ne pas avoir peur, je n'ai pas envie de parler. Je veux qu'il parte. Il se lève péniblement. Il est beau, malgré la graisse qui enrobe son corps. Tout sent l'alcool dans le salon. Je ramasse les draps. Je vais ouvrir la fenêtre. Je l'entends uriner dans la salle de bain puis c'est l'eau du robinet. Il se lave le visage avec ses mains. Il se lamente en anglais sous l'action de l'eau froide puis il reprend avec un accent flottant dans un français qu'il a appris en France, qu'il est un con, qu'il a peut-être perdu plus de mille dollars à l'heure qu'il est. Il demande s'il peut téléphoner. Il parle en anglais à un homme. Je n'écoute pas la conversation. Je l'entends s'habiller, je le retrouve devant la porte. Il ne m'embrasse pas lorsqu'il part. Je ne sais jamais quand je vais le revoir. Je retourne au salon. J'ai les larmes aux yeux. Il me faudra tout nettoyer. Il y a du vin renversé sur le tapis rose. La boîte de sel est restée à côté de la tache. Je me dis que je ne dois plus le revoir. Je retourne à la cuisine, je remplis un seau d'eau chaude. J'y verse de l'eau de Javel. L'odeur âcre me fait du bien. Je vais dans ma chambre, retire mes vêtements de travail. Mes pantalons de coton extensibles sont en train de devenir trop petits. Je les déchire un peu plus chaque fois que je les enfile.

Mel sort. La porte de l'immeuble claque.

Je commence par jeter tout ce qui traîne. Je pense qu'après le ménage, j'irai acheter des fleurs. Le répondeur se met en marche. C'est la voix de Paul. Il dit : c'est Paul. Il attend. Il sait que si je suis là, je prendrai l'appareil. Il est en Abitibi avec sa chanteuse. Je lui en veux un peu de m'avoir laissée seule. Il le sait. Il dit que la tournée se passe bien ; ils resteront deux soirs de plus. Il m'appelle pour le conservatoire, il s'était engagé. Je dis que j'irai. Il me dit de travailler mes partitions. Il y a des années que je fais de la lecture à vue et en plus ce sont toujours les mêmes pièces qui reviennent. Je dis : O.K. J'entends des voix derrière lui, ils se préparent à répéter. Il parle du spectacle, répète sans cesse le mot « professionnel ». Je n'aime pas ce mot. C'est un mot que mon père reprend dans toutes ses entrevues. Je dis que je m'ennuie. Il dit qu'il aura de grandes nouvelles à m'annoncer. Je raccroche en premier. Je suis triste.

Je vais dans le salon fouiller dans le banc de piano pour trouver mes partitions. Le cahier est presque neuf. Je trouve les pages. Je répéterai dans la soirée. Je retrempe mes mains dans l'eau chaude, saisis le linge au fond du seau. Plaisir.

Au marché Jean-Talon, même l'hiver, un fleuriste vend des fleurs coupées. Je lui demande de bien les envelopper. Il me regarde un peu agacé : il a l'habitude. Il fait déjà sombre. Au coin de la rue, devant le café italien, j'aperçois la camionnette blanche de Mel. Je ne vais pas le rejoindre.

Je sais que Mel est dans son monde ; je n'y ai pas de place. Souvent, il rencontre des gens dans les cafés pour négocier ce qu'il appelle des « balances de stock ». Des marchandises de toutes sortes, en général de mauvaise qualité, que des vendeurs itinérants offrent dans la rue, mais ça, c'est le quotidien. Il négocie aussi des vêtements anciens qu'il trouve et revend à gros prix dans des boutiques spécialisées. En général, ces jours-là, il vient à l'appartement. Sa camionnette est chargée de homards et de crabes qu'il fait cuire dans le vin blanc. Ou bien nous allons manger des escargots à la sauce aux haricots noirs que les Chinois vendent à prix d'or dans leurs restaurants. C'est la fête. Parfois, il lui arrive de trouver des pièces de collection qu'il propose aux antiquaires de la rue Notre-Dame. Il peut passer des heures sans dormir à faire téléphone après téléphone à des gens qui font la même chose que lui et qui ne dorment pas davantage la nuit. Un jour, il m'a rapporté des serviettes de table en lin brodé que j'ai données à ma mère et à la femme de mon frère.

J'ai rencontré Mel rue Notre-Dame, alors que je faisais les boutiques d'antiquités avec Paul. Il m'a glissé son numéro de téléphone dans la main sur une vieille carte d'affaires salie. Je l'ai rappelé. La première fois, il m'a emmenée dans un restaurant chinois pour manger des escargots aux haricots noirs. Ce n'était pas un restaurant ordinaire. Il y avait plusieurs salles au sous-sol. Tout le monde parlait anglais et les Chinois aussi. Je n'avais pas très bien compris où nous étions. J'ai fait comme si. Je venais d'arriver à Montréal et je ne voulais pas avoir l'air ignorante. Ensuite, il m'a ramenée à mon appartement. Je venais juste de m'installer et je n'avais pas encore rénové. Il y avait plusieurs couches de papiers peints sur les murs de la cuisine. Je dormais sur un matelas au milieu du salon parce que l'odeur d'urine dégagée par le tapis de la chambre à coucher continuait de se répandre ; pourtant, j'avais enlevé la moquette en entrant dans l'appartement. J'ai dit que, le jour, la lumière était extraordinaire. Il a répondu que c'était un bel espace. Il le sentait. Il caressait les murs sales avec la paume de ses mains.

Nous avons fait l'amour debout dans la cuisine. Il est parti tout de suite.

Mel a mis des mois avant de passer la nuit chez moi. Je pense qu'il ne voulait pas que je sache qu'il appelait sa mère tous les soirs vers onze heures, juste avant qu'elle se couche. Il disait toujours la même chose : il demandait si elle allait bien, si elle avait encore des tomates et du *ginger ale*. La mère de Mel ne mange que des tomates étuvées et des *matzos*, repas qu'elle arrose de *ginger ale* bien froid. Mel fait la même chose. Il boit du *ginger ale* à longueur de jour. Il en a toujours une bouteille à côté de lui.

Maintenant, j'en garde à la maison. Mel en boit aussi la nuit. Je dis toujours qu'il dort éveillé. Il mange des biscuits, se lève, arpente les pièces. Mel a une voix qu'on ne peut oublier. Ce n'est pas seulement à cause de son accent, il a la même en anglais. Il a mis du temps à me parler de lui. Un jour, il m'a dit une chose en français, j'ai dit à Paul que jamais de ma vie, jamais je n'oublierai cette phrase-là. J'ai eu du mal à la répéter. Je n'arrivais pas à retrouver le ton de Mel. Nous étions au coin d'une rue, nous attendions que le feu passe au vert. Il m'a dit en français que lorsqu'il était petit, et même après, jusqu'à sa mort, son père l'avait méprisé. C'est une phrase que j'entendrai toujours.

La nuit est tombée lorsque je rentre. La maison est propre. L'ordre me rassure. La télévision des voisins est en marche. Je ferme la porte de ma chambre. Il m'arrive de dormir au salon depuis que ces deux-là ont emménagé. Ni l'un ni l'autre ne travaillent et ils passent des nuits entières devant la télévision. Leur appartement est plein de plantes vertes et de chats. Ils vivent dans leur lit et font leurs courses au dépanneur. Le gars m'a dit un jour qu'il était malade, je ne sais plus de quoi. Il m'a montré un sac plein de flacons de pilules qu'il venait de payer au livreur de la pharmacie. Paul dit que ce sont des personnages de Ducharme, vautrés dans l'inertie. Il les appelle « Nicole et André ». Il m'arrive d'oublier leurs véritables noms. L'été d'avant, en pleine canicule, ils s'étaient installés à moitié nus sur le balcon pour regarder la télévision. J'ai dit à Paul que c'était le sommet de la pauvreté. Paul m'avait fait remarquer que ses voisins ne faisaient pas ça. Nous avions ri. Paul habite une tour climatisée du centre-ville où tous les appartements ont des murs blancs et dont il est interdit de changer la couleur. C'est précisé dans le bail. La location est hors de prix. Il a un grand balcon où il ne met pas les pieds mais où il installe des géraniums en pot. Il ne rencontre jamais personne dans les couloirs. Je lui dis souvent qu'il habite un hôpital. Son appartement n'a que deux grandes pièces et son piano occupe presque tout l'espace du salon. Moi, je n'ai qu'un clavier électronique auquel je ne touche jamais. Le piano de mon enfance est toujours chez ma mère où il est épousseté chaque semaine avec zèle. Paul joue souvent la nuit et répète ses pièces.

Paul est un vrai musicien.

Je pense à Mel, je sais qu'il va parfois dormir chez sa mère où il a encore une chambre. Elle habite dans un immeuble chic qui donne sur le cimetière de la Côte-des-Neiges. Je ne l'ai jamais vue, je l'imagine souvent passant ses journées à regarder le cimetière. Les parents de Mel ont traversé une partie de l'Europe à pied et ont fini par prendre un bateau qui les a conduits à New York. Il en parle rarement, sauf lorsqu'il est saoul. Après quelques années, ils sont venus à Montréal et se sont installés rue Marie-Anne, à l'angle du boulevard Saint-Laurent. C'est là que Mel est né. Autour, il y avait quelques familles de Canadiens français très pauvres. Le reste de la rue s'était vite peuplé de Portugais. La maison de son enfance a été démolie. Chaque fois que nous remontons Saint-Laurent, il m'indique l'endroit de la main. C'est devenu le parc des Portugais.

Je suis sortie quinze minutes et j'ai eu le temps d'apercevoir le visage de mon père sur la publicité du télé-horaire, affichée à la porte du dépanneur. Il faisait la promotion de sa nouvelle série. La vedette principale posait fièrement derrière lui. L'article titrait : « Ce que j'ai appris ». La main de la starlette était placée bien en vue sur l'épaule de mon père. Peau et ongles roses sur tissu foncé. Il misait sur l'image du père maintenant. Ses cheveux greffés viraient au gris.

J'ai installé les fleurs sur la table de la cuisine et je me suis fait couler un bain. Mon appartement est muni d'une baignoire ancienne, immense. Quand il est là, Mel dit que c'est une bénédiction. Il me demande souvent la permission de prendre un bain. Mel demande toujours la permission. C'est la première fois que je le remarque vraiment. Je me déshabille dans la cuisine, je laisse mes vêtements sur le sol. J'entre dans le bain. Je vois mon corps mais je me force à l'ignorer. Mes seins lourds tombent sur mon ventre. Les marques de mon soutien-gorge sont à jamais tracées sur la peau de mes épaules. Mes hanches sont striées de veines bleues. Je me glisse dans l'eau chaude.

Je pense à Mel. Il arrive qu'il passe des jours sans rentrer chez lui ou chez sa mère. Il boit. Il ne se lave plus. Il devient très sale. Il ne m'appelle plus. Je le sais parce que je l'ai vu un jour, il descendait les marches du club espagnol du boulevard

Saint-Laurent. Quelqu'un lui donnait le bras et l'aidait à marcher. J'étais de l'autre côté de la rue. Je les ai regardés sans bouger. J'avais honte. Après, je me suis sentie lâche. Mel est réapparu quelques jours plus tard. Il avait fait de bonnes affaires. J'avais essayé de le questionner sur les jours précédents mais sans succès. Mes questions l'avaient fait paniquer. Il manquait d'air. Il avait crié. Ce n'étaient pas des cris ordinaires. Ses cris m'avaient fait mal. Une douleur partie du sternum s'était diffusée jusqu'au bout de mes bras. Mel était sorti en claquant la porte. Je ne l'ai plus jamais questionné. Ce que je sais, il me le raconte de lui-même les nuits où il ne dort pas.

Mel a vécu en France longtemps avec une femme qui vient parfois le visiter. La dernière fois qu'elle est venue, il m'a dit qu'il ne me verrait pas pour quelque temps. Il ne voulait pas que je lui téléphone. Je les ai aperçus par hasard, Mel soutenait la femme par le bras. C'était une grande femme très maigre, elle devait avoir l'âge de Mel ; ses cheveux dénoués lui tombaient jusqu'au bas du dos. Ils m'avaient semblé trop fins pour être portés aussi longs. Mel marchait sur le trottoir, du côté de la rue et on aurait dit qu'il surveillait la route pour la préserver des dangers. Il avait une démarche inhabituelle. Au côté de cette femme, il était différent. Il portait un manteau long, très foncé que je ne lui connaissais pas. Mel n'a jamais su que je les avais vus. Il m'a dit plus tard que c'était une histoire ancienne mais qu'il garderait toujours des liens avec cette femme, que c'était la dernière fois qu'il la voyait. Il s'était levé et avait arpenté la pièce. Mel était comme ça. Il gardait tout secret, puis, pour rien, au beau milieu de la nuit, il devenait angoissé et se mettait à parler. Tout ce que je sais de lui, je l'ai appris comme ça. Je sais aussi qu'il a une passion pour Blaise Cendrars et pour les scorpions. Je ne sais pas pourquoi, l'un ne semble pas aller sans l'autre. Il connaît par cœur les vers de Cendrars. La nuit où il m'a parlé de cette femme, on aurait dit qu'il délirait. Il s'est recouché près de moi et s'est mis à me sentir partout. Il m'a dit qu'il avait essayé de faire l'amour avec elle mais qu'il n'avait pas pu, parce que sa peau avait le goût des médicaments qu'elle prenait en énorme quantité pour lutter contre un cancer du sein. Il m'a léché tout le corps. Il m'a dit qu'un jour, quand je le voudrais, je deviendrais une belle femme. Il m'avait parlé de la France et de cette femme. Il a dit qu'elle était venue parce qu'elle était dépressive. Elle n'arrivait plus à travailler. Elle était peintre et ne pouvait plus utiliser son bras droit pour dessiner ; on avait dû sectionner des tendons lors de l'opération. En France, ils avaient gagné leur vie pendant des années en travaillant l'été avec des forains qui faisaient les villes du bord de mer. Mel entretenait les manèges et elle faisait des caricatures en reproduisant le visage des gens sur des tableaux célèbres. Je ne sais pas combien de temps cela a duré, ni pourquoi Mel est revenu. Il a ajouté qu'il y avait encore en France des forains itinérants qui installaient leurs manèges près des villes touristiques. La femme le lui avait dit. Un jour, elle lui avait envoyé une carte de Saint-Malo où l'on apercevait une grande roue surplombant les remparts.

Je pense encore à Mel en ramassant mes vêtements. Je jette les pantalons déchirés. Je suis un peu angoissée. Je n'ai presque plus de vêtements de tous les jours à porter. À Montréal, je n'arrive pas à me trouver de vêtements décents. Il n'y a que quelques boutiques spécialisées où l'on vend à prix fort des vêtements de mauvaise qualité souvent dans des tissus brillants et dans des modèles ridicules.

Les grosses sont des clowns.

Je devrai convaincre Paul de venir passer une fin de semaine à New York avec moi. Je connais des magasins fabuleux où l'on peut acheter des vêtements en coton véritable et pour toutes les tailles ; des vendeuses obèses habillées de toutes les couleurs sillonnent les allées en souriant.

Je vais dans ma chambre, règle ma couverture électrique au plus bas pour que mon lit soit chaud lorsque je viendrai me coucher. J'entends, derrière la cloison me séparant du salon de mes voisins, les propos débiles d'un animateur de quizz. Il est en train de faire un petit discours *politically correct* sur les bienfaits du sport pratiqué par le concurrent. J'écoute. L'animateur passe à la question. Je n'entends rien d'autre, ni toux, ni discussion : seulement la voix de l'animateur.

Je referme la porte. Je pense à Paul en train de jouer du piano derrière sa chanteuse. Il est le seul musicien sur scène. Il m'a écrit qu'elle lui laissait beaucoup de place. Il dit que sa voix était vieillie mais très belle. Je m'installe devant le clavier électronique. Je le fais pour Paul. Je mets les écouteurs. J'ai joué ces pièces cent fois. Il n'y a que mes mains qui bougent sur les notes. Depuis longtemps, je n'entends plus lorsque je joue.

Paul est nerveux. Je le vois derrière la vitrine. Il a une pochette de carton brun devant lui qu'il retourne sans arrêt. Je ne l'ai pas revu depuis longtemps. Je l'ai remplacé pour toutes ses répétitions au conservatoire et pour toutes ses classes de danse. Je suis très en retard. La classe de danse que j'accompagnais a été interrompue pendant plusieurs minutes. Il a dû l'apprendre : le café du Chinois est la cafétéria de l'école. Il est tard, le jour commence à tomber. Il fait très froid : comme toujours à cette heure-là. Les trottoirs sont blanchis par le gel. Plusieurs danseuses de la classe arrivent derrière moi. Elles s'installent au fond de la salle et se font servir des bols de café au lait ; cela les remplit et elles auront moins faim. Elles sont plus excitées que d'habitude. Une des jeunes danseuses qui travaillent avec les grandes à la préparation du spectacle de fin d'année s'est effondrée pendant la leçon. Je n'ai même pas entendu sa chute. Elle n'a pas repris conscience et l'ambulancier a enregistré sur son magnétophone : état semi-comateux. Je l'ai entendu, il passait près de moi, on avait ouvert les portes du devant pour l'occasion. La petite allait probablement perdre un rein. Tout le monde le savait. Cela arrivait souvent aux petites qui s'entraînaient avec les grandes. Elles n'avaient plus de repères et allaient trop loin dans la privation. Dans le vestiaire, elles contemplaient les côtes qui saillaient sous la peau des grandes, admiraient la supériorité des plus maigres : c'était de vraies danseuses. Tout le monde le pensait, Paul, moi, les maîtres. Elles manquaient juste d'expérience et ne savaient pas, comme les grandes, s'arrêter à temps.

Nous avons attendu que je sois servie pour commencer à parler. Lorsqu'une danseuse s'écroulait au bout de ses forces comme cela, nous avions tous la même réaction : nous étions attristés mais nous n'en parlions pas. Je savais que les grandes, pour un temps, surveilleraient les petites et gaveraient les plus fragiles de spiruline en capsules. Elles oublieraient jusqu'à la prochaine fois.

Paul me fait lire le contenu de son carton. Sur un plan du sixième arrondissement de Paris, un X est tracé à l'encre rouge sur une rue donnant sur le boulevard Saint-Germain. Le nom de la rue est inscrit en tout petit, je n'arrive pas à le lire. Paul me dit qu'il pourra aller au théâtre à pied. Il est heureux. Il n'est pas allé à l'étranger depuis longtemps. Il me fait grâce d'un discours sur la chance qu'il a, de l'importance de ce voyage pour sa carrière et de toutes les niaiseries du genre. Paul est heureux parce que le spectacle va continuer après Montréal et que lui et sa chanteuse sont meilleurs de soir en soir.

Après leur prestation, lorsqu'il enlève sa chemise de scène pleine de sueur et qu'il la plonge tout de suite dans l'eau savonneuse du petit lavabo de la loge, il est heureux, satisfait de son travail. Sa chanteuse rentre tout de suite après le spectacle. Lui aussi. Il prend un bain chaud et se surprend à penser à ses arrangements et à certains accords qu'il aimerait modifier. Souvent, en parlant, sans qu'il s'en rende compte, ses doigts pianotent.

Je dis que Paris, l'hiver, c'est gris et lugubre. Tout le monde s'entend là-dessus. Je répète à Paul les propos qu'une danseuse m'a déjà tenus. Elle venait de rentrer après y avoir vécu tout un hiver et m'avait affirmé qu'il y faisait moins froid qu'à Montréal mais qu'on y gelait jusqu'à l'âme. Paul me regarde, nous rions. Ma colère est finie.

Il ne sera parti que huit semaines; ils tiendront l'affiche deux mois, si ça marche. C'est ce qui est prévu. Il dit que sa chanteuse a trouvé deux studios rue Saint-Guillaume. Il pourra vivre seul. Il est content. Ils ne savent pas encore si la fille qui fait les éclairages pourra les accompagner. Elle s'était engagée ailleurs. Paul s'emballe toujours lorsqu'il parle de cette fille.

Il compte sur moi pour le remplacer. C'est la seule façon qu'il a de garder son travail. Au conservatoire, on lui a dit que je m'étais toujours présentée à l'heure et que j'avais appris mes pièces. J'ai dit à Paul que j'avais répété pour lui. Je le faisais un peu comme une prière, souvent à l'heure où il entrait en scène avec sa chanteuse.

Ils commencent à Montréal demain. Ils ont rodé le spectacle en province. La rumeur les a précédés. Tous les billets sont vendus. Paul me tend le mien. Il dit que je serai installée juste à côté de lui, que je pourrai l'entendre respirer. J'ai souvent vu Paul accompagner des spectacles d'étudiants dans des églises mal éclairées et travailler sur des pianos de location qui sonnaient faux. C'est la première fois que je le verrai sur une vraie scène.

Paul est fébrile, ses mains tremblent un peu. Le piano de la salle où il joue est un des meilleurs de la ville. Il dit qu'à chaque touche, il sent le son se propager jusqu'au dernier rang. La musique emplit tout l'espace. Il me dit que je vais le sentir.

Je regarde ses bras maigres appuyés sur la table, le plan de Paris dans ses mains. Il espère que l'éclairagiste pourra les accompagner, sinon, le spectacle ne sera pas le même. Il répète que sa lumière a une âme, je le verrai.

Je suis effrayée de devoir finir l'hiver seule à Montréal.

Nous ne parlons pas pendant un long moment. Paul me montre le *diner* d'en face qu'on vient d'illuminer. Cela colore nos visages. On dirait une décoration de Noël oubliée. Ça rend mélancolique. Paul se lève. Il doit se coucher tôt. Je reste encore, le temps de laisser passer la cohue dans le métro. Je fais signe au Chinois, il me rapporte un autre espresso allongé dans une tasse de porcelaine brune, très lourde.

Les lumières vertes et rouges du *diner* me rappellent les décorations lumineuses des fêtes ressuscitées pour le carnaval. Ma mère laissait les petites ampoules colorées autour des fenêtres et les rallumait pendant la semaine des festivités. Tout d'un coup, les maisons de notre banlieue cossue s'illuminaient en plein février. Cela me rendait infiniment triste. C'était comme si les fêtes allaient recommencer. Le carnaval m'angoissait. J'avais toujours peur qu'il se mette à pleuvoir, que les sculptures sur glace ne fondent et qu'il ne reste plus que des amas de neige informes. Cela se produisait souvent. Mais chaque année, on recommençait. J'avais le sentiment d'être la seule à m'en inquiéter. Lorsqu'elles avaient résisté, j'allais, avec Alice, admirer ces statues de glace transparente.

Je pense toujours que j'ai tout oublié puis, pour rien, pour une lueur rouge sur la neige de février, tout me revient. La banlieue cossue, les gros bungalows se dressant les uns contre les autres dans un ancien champ de maïs. Les cours sans arbres. Mon père qui méprisait ouvertement tous les voisins, mais n'aurait jamais habité ailleurs. Ma mère tenait la grosse maison à bout de bras.

Mon père avait quitté sa région pour réussir. À l'époque, il s'occupait des relations publiques pour une importante firme d'ingénieurs. Il était obligé de passer ses fins de semaine de mai à juillet dans des pourvoiries chics du Nord où la compagnie invitait ses clients. Il revenait à tout ce qu'il avait toujours détesté : le faux laisser-aller des chapeaux grotesques que les hommes portaient pour ces occasions, les ensembles safari beiges que les femmes revêtaient et, surtout, la forêt de sapins qui entourait les camps comme celle de la maison de son enfance. La forêt qui emprisonnait.

Dès l'adolescence, je suis devenue grosse comme ma grand-mère et ma tante ; une obèse rose avec un beau visage et, dans les gestes, une sorte de mollesse que mon père associe à une faiblesse morale. Je me souviens d'une nuit de Noël, j'étais jeune. Nous étions allés dans la famille de mon père. Il voulait leur montrer à quel point il réussissait. Il lançait des noms de personnalités célèbres au-dessus de la table du réveillon et personne ne l'écoutait. J'avais honte. J'avais honte parce que sa famille ne l'aimait pas. La conversation revenait sur le prix du bois de chauffage, sur les contrats de déneigement que mon oncle allait ou non obtenir. Mon père s'était mis à crier, nous avions dû nous habiller et nous étions repartis en pleine nuit pour rentrer chez nous. Nous habitions à des centaines de milles de là. Il fallait près de quatre heures de voiture pour revenir. Mon père hurlait. Je me souviens d'avoir cessé d'écouter. Un peu plus tard, il avait arrêté la voiture et il avait vomi dehors à une dizaine de pieds de nous. Il mettait de la neige sur son visage, mais nous savions qu'il pleurait. Ma mère le suppliait pour que nous arrêtions dormir dans un motel. Il ne voulait rien entendre. Ma mère avait sorti un chapelet rouge un peu délavé, qui avait été fabriqué avec les roses de la tombe de son père. Lorsqu'il était revenu dans la voiture, il avait dit qu'ils étaient morts, tous, que c'était fini. Il ne les a jamais revus. Il leur parle parfois au téléphone, les jours où il est particulièrement angoissé. Il avait ri en voyant le chapelet de ma mère. Mon frère s'était vite endormi, épuisé. Moi, j'avais passé la nuit à regarder ma mère prier et égrener son chapelet. Lorsque nous étions rentrés, mon père avait disparu pendant une semaine. Ma mère l'avait attendu dans la cuisine. Après, j'ai eu l'impression que ma mère n'avait fait que l'attendre jusqu'à son divorce.

J'ai oublié de boire mon café. Le Chinois tranche des morceaux de pâté de foie pour une grosse femme aux cheveux sales et au visage huileux. Elle prend aussi deux cuisses de poulet. Elle passe devant moi. Son manteau, trop petit, ne se boutonne plus sur sa poitrine. Elle est jambes nues dans des souliers d'homme. Je l'ai déjà aperçue. Nous ne nous saluons pas.

Je me lève, dépose l'argent sur la table pour les cafés. Je m'enveloppe dans ma cape noire. Le métro Laurier est à quelques pas. Je marche, épuisée par l'hiver et par février.

On fait déjà la queue devant la porte du petit théâtre. La bande-annonce du spectacle est un rectangle de tissu blanc avec le nom de la chanteuse imprimé en noir. C'est beau, sobre. J'ai mis ma robe mauve. Elle est très longue, elle balaie le trottoir. C'est la robe que Paul préfère. Je l'ai achetée avec lui à New York.

Je suis émue et je trouve cela un peu ridicule. Je suis fébrile aussi. Mon père court toutes les premières. Je me tiens droite dans la foule. J'espère ne pas le voir, ne pas être forcée de discuter. Son amie se croit obligée d'être gentille alors qu'elle n'arrive pas à faire le lien entre lui et cette grosse femme habillée de couleurs voyantes. Elle ne quitte jamais mon ventre du regard. Elle ne s'en rend pas compte. Elle se demande ce qu'il va en sortir, si la peau ne va pas exploser. Mon père lui a sûrement raconté une histoire de glandes.

Mel a dit qu'il allait peut-être m'attendre à l'appartement. Il ne va jamais au spectacle. Il dit qu'il est d'un autre monde. Lorsqu'il est revenu de France, son père était mort. Sa mère lui a donné tous ses vêtements : les salopettes en jean, les gros chandails de laine foncée, les bottes de cuir noir portées par les soldats de la Deuxième Guerre mondiale. Bottes que Mel ne quitte jamais, même l'été, et qui le font transpirer. Il a repris la camionnette de son père et le commerce. Paul dit que c'est le juif errant. Je le lui ai répété. Mel a ri. Je ne peux pas l'expliquer mais je sais qu'il ne pouvait pas faire autrement et qu'il est revenu de France pour ça, pour longer le boulevard Saint-Laurent avec sa camionnette blanche.

Mel me propose souvent de me promener avec lui. Ce sont des déambulations sans but : nous refaisons pendant des heures un même trajet. J'ai l'impression que lorsqu'il est revenu d'Europe, Mel a réintégré le pays de son enfance. Un pays aux dimensions réduites et peuplé de personnages d'une fable personnelle. Je connais quelques-uns de ces héros. Mel les surveille, connaît leurs allées et venues. Une nuit, il m'avait amenée sur le boulevard Saint-Joseph, un peu à l'ouest de Saint-Laurent. Il était très tard. Mel avait stationné la camionnette et m'avait montré un homme très vieux qui chargeait des piles de journaux dans la boîte d'un camion. Il faisait ce travail seul, sans se presser. J'avais pensé : dans la paix. Lorsqu'il avait aperçu la camionnette de Mel, il avait fait un signe de la main. Mel m'avait dit qu'il était le Juif le plus riche de Montréal. Il assurait la distribution de journaux jaunes, de périodiques de vedettes américaines et d'autres merdes plus locales. Mel était fasciné par cet homme, il avait ajouté que je ne pouvais pas comprendre, qu'il était d'un autre monde.

La salle est remplie. Je suis assise tout près de la scène. Je peux presque toucher le banc du piano. Les fiches blanches de Paul sont placées devant lui. Il joue sans partition mais il a ses fiches pour les trous de mémoire ou pour se rappeler les transitions. Toutes les lumières s'éteignent. J'entends Paul déplacer son banc, une petite lampe éclaire son clavier. La chanteuse entre, les faisceaux lumineux sont projetés en même temps sur Paul et sur elle. Tout est blanc et noir, comme l'affiche. Paul joue. L'éclairage le fait paraître très grand. Tout est sobre, tout pourrait être terriblement cliché mais tout est fragile, tout semble avoir une seconde d'hésitation. La tension se communique à la salle. C'est vrai que la voix de la chanteuse a vieilli, cela l'adoucit. J'entends Paul reprendre son souffle. Des larmes coulent de mes yeux.

J'attends que la salle se vide avant de me rendre derrière la scène. Le père de Paul garde la porte de la loge ouverte avec son dos. Il porte un complet visiblement acheté par sa femme pour la circonstance. Il a l'air déplacé. Paul a le torse nu, il est déjà en train de laver sa chemise noire en tissu synthétique dans le lavabo. Il prend le temps de la rincer et de la suspendre avant de se rhabiller. Ses sœurs et sa mère portent leur robe des Fêtes, le spectacle leur a donné l'occasion de les remettre. Elles sont trop voyantes, on les dirait habillées pour une réclame de Noël de grands magasins. Je fais un signe à Paul. Je n'irai pas au restaurant. Des cris fusent de la loge de la chanteuse. Paul a l'air d'un adolescent perdu. Je le laisse là, au milieu des cris.

Sur le trottoir, il y a des petits attroupements qu'il faut contourner. Je me demande si le Chinois est fermé à cette heure-ci. Je marche dans la rue Saint-Denis. Il y a encore de la lumière dans le café et une ombre derrière le comptoir. Le Chinois range sa cuisine. Sa femme dort dans un coin. La porte n'est pas verrouillée. Il me reconnaît. Pour un café, il peut encore. Il ferme à clé derrière moi. Je m'assois à ma table. Il baisse les stores. Je suis seule avec le Chinois et sa femme qui dort. Il n'y a que le bruit de la machine à café et des voitures. Le *diner* est encore plein. Je pense à Mel qui est peut-être chez moi. Je n'ai pas envie de rentrer. S'il est parti, il ne reviendra pas, il n'a pas la clé. Parfois, il sonne et je ne réponds pas. Il ne pose jamais de questions. Je revois le père de Paul, mal à l'aise, emprisonné dans son complet, se demandant ce qu'il faisait là, le regard paniqué par la crainte de devoir parler. Je n'ai pas envie de rentrer, je me dis que si je traîne un peu, Mel sera parti. Il ne supporte pas de rester seul dans un appartement, je le connais. Il ira dans un des cafés qu'il fréquente. Lorsqu'il se met à boire, il vide des bouteilles de scotch au goulot, bouteille que les propriétaires vont chercher à la cave et lui laissent boire au comptoir à cause du cent dollars que Mel a mis devant eux, bien à plat, et qui n'est peut-être pas le dernier de la soirée. Il peut boire des heures sans être saoul, le scotch ne faisant que calmer son angoisse. Il prend possession des cafés avec son corps. Il n'y a plus que lui. Il dit toujours qu'il est un forain, un saltimbanque, ce sont des mots qui sonnent drôle, des mots qui n'ont pas cours ici. Mel est d'un autre monde.

Je me décide à partir. Le Chinois secoue sa vieille, ils rentrent eux aussi. Leur appartement est au-dessus. Je me demande comment ils ont atterri dans ce café ; eux aussi, en quelque sorte, sont déplacés. Cela me rappelle ma mère, depuis que mon père est parti, elle est « déplacée », c'est toujours le mot que j'emploie, il me semble inépuisable. Il renferme toute la vie de ma mère. Le gros bungalow qu'elle habite seule, la boutique, les amies de madame Dufresne qui, elles aussi, ont un ex-mari. Je pense souvent que ma mère ne comprend pas sa vie. Quelque chose lui a échappé, il y a longtemps. Elle s'est endormie dans les musiques sirupeuses des centres commerciaux qu'elle a trop fréquentés. Ma mère est enfermée dans sa banlieue et dans sa fausse politesse. Blindée, indestructible, le vocabulaire farci de propos insignifiants ramassés dans ses magazines féminins. Il m'arrive de vouloir la casser, l'ouvrir en deux, la briser juste pour voir ce qu'elle cache. J'ai souvent envie de la forcer à me regarder, à regarder mon corps, ce qu'il est devenu. Parle-t-on des monstres dans ses magazines glacés, en fait-on mention, parle-t-on des hommes qui aiment se vautrer sous des amas de graisse parce qu'il n'y a que cela qui les protège : ma mère pense-t-elle à mon corps, au difforme, au sale ?

Je marche dans la rue, je préfère l'hiver. Je m'enveloppe dans mes capes et je cache mon corps.

Tous les gros aiment l'hiver. Je pense à l'été, les jours de grande canicule. La nuit, les monstres se promènent. Je l'ai souvent dit à Paul. Des hommes et des femmes au regard vide, marchant droit devant eux, habillés de ce qu'ils ont trouvé. Ils sont parvenus au-delà de la souffrance.

Il n'y a pas de lumière dans mon appartement. Mel est parti. Je suis soulagée. Il y a un mot au centre de la table, bien en vue sous un des chandeliers que Mel n'arrête pas de fabriquer avec des bouteilles vides. C'est écrit en anglais. Il s'ennuyait, il est parti. Je laisse les lumières éteintes pour qu'il ne soit pas tenté de sonner. Je transporte la télévision dans ma chambre et ferme le store. C'est l'heure des *talk shows*. Mon père, encore, en complet foncé. Depuis le début de la promotion de sa nouvelle série, il est partout. Il raconte pourquoi il a décidé d'écrire et de produire cette histoire. Il explique la vie, habillé en prêtre. Il arrive que son langage le trahisse : une trace d'accent, un mot mal utilisé. Son regard se rembrunit. Il en est conscient. Je l'écoute, fascinée. Les voisins d'à côté aussi.

Mel a disparu pendant quinze jours, puis un soir, c'est l'hôpital qui a téléphoné. Une femme qui cherchait ses mots en français. J'ai continué en anglais. Quelqu'un leur avait amené Mel presque nu, il avait des engelures et il délirait. La voix a spécifié que les engelures étaient superficielles mais que Mel avait fait un infarctus « sévère ». Il était là depuis trois jours et ce n'était qu'aujourd'hui qu'il leur avait donné mon numéro de téléphone. Elle a dit qu'il ne voulait pas appeler lui-même, elle a rajouté que c'était difficile. Il pleurait sans arrêt et il avait peur de mourir. Elle a dit que le danger était passé mais qu'il resterait fragile. Après, elle m'a donné le numéro de la chambre de Mel. Elle a rajouté en français, juste avant de raccrocher, qu'il fallait le raisonner. J'ai raccroché et j'ai vu la graisse pendre de mon avant-bras. J'avais la peau marquée par la couture du chandail que je venais d'enlever. Depuis quelque temps, tous mes vêtements me marquaient sauf les tee-shirts immenses et informes que je portais pour dormir. J'ai décidé de revêtir le moins usé pour me rendre à l'hôpital. Je n'avais pas d'argent, je suis montée chez Yvonne et j'ai cogné à sa porte. J'ai dû l'appeler par son nom et fort pour qu'elle vienne ouvrir. Elle portait une robe de chambre et des pantoufles de couleur assortie, un ensemble de fantaisie. Je lui ai dit que je devais me rendre vite à l'hôpital et que je n'avais pas assez d'argent sur moi pour le taxi. Elle est revenue avec un vingt dollars qu'elle m'a tendu. Elle en avait besoin le lendemain. J'ai dit O.K. Elle a refermé la porte bruyamment, trop. J'avais enfreint une règle. J'étais trop bouleversée pour y penser sur le moment.

Mel est assis dans son lit, la télévision portative à la hauteur de son visage. Il zappe sans arrêt. Il ne m'a pas entendue entrer. Près de lui, il n'y a qu'un petit moniteur cardiaque débranché. Le rideau qui le sépare du lit voisin est tiré, mais le lit est vide. Il est plus beau que jamais. Il allonge la main vers moi. Il dit qu'il faut que j'aille chez lui m'occuper de son chat. Il dit de ne pas fouiller dans son appartement, qu'il me l'interdit. Ses yeux sont effrayés, je dis : O.K. Il dit qu'il a téléphoné à sa mère, il ne lui a rien raconté, il a dit qu'il était parti *out of town for a few days* mais que cela avait été plus long qu'il ne le pensait. Je lui demande si sa mère le croit. Ma question le surprend. Il dit qu'il ne le sait pas, ce n'est pas important, c'est difficile à expliquer mais ce qui compte, c'est de lui avoir parlé, d'avoir entendu sa voix et qu'elle l'ait entendu. La vie est là, dans ces voix qui se reconnaissent. C'est la même chose avec moi, lorsqu'il entend ma voix, il est tout d'un coup certain que je suis vivante, il n'a qu'à tendre la main pour toucher mon sexe humide et il se met à bander, même maintenant, je peux sentir si je veux.

Il rit.

Mel me montre la chambre, le téléviseur que le comité des bénévoles fait installer aux malades qui n'en ont pas les moyens. Mel dit : pour les Juifs pauvres. Il dit : ça existe. Il guette ma réaction. Je dis qu'il est en forme. Il rit de nouveau. Avec Mel, j'ai toujours l'impression que ce qu'il dit est de l'ordre de l'aveu. L'infarctus c'est à cause de la coke qu'il a consommée pendant des jours. Il n'avait pas fait ça depuis longtemps. La dernière fois aussi, il avait cru que son cœur allait lâcher et cela lui avait fait peur. Il dit qu'il est compulsif. Je ne sais pas si c'est à cause de l'accent mais je trouve ces aveux inutiles, je n'aime pas les yeux de Mel lorsqu'il est ainsi. Il devient fragile, c'est tout son être qui avoue, il est concentré, comme en prière et ça le rend indécent.

Il dit aussi qu'il a sûrement eu des mauvaises nouvelles de France, il l'a senti. En plus de nourrir le chat, je dois prendre son courrier. Je dois lui rapporter les lettres tout de suite. Je dis non. Il est trop tard, je m'apprêtais à me coucher et je n'ai pas d'argent. Je devrai faire une demi-heure d'autobus pour me rendre chez moi. J'habite à l'autre bout de la ville. Je dis : dans l'autre monde.

Sur l'écran de télévision, Roseann Barr ramasse la vaisselle du souper dans son décor de bungalow d'Américain moyen. Mel l'observe en train d'invectiver son mari. Le gros homme est immobile, la casquette de base-ball calée jusqu'aux yeux. Mel remet ses écouteurs et éclate de rire. Chez moi aussi, il regarde cette émission quand il est là. Il me parle toujours de Roseann en anglais. Je n'arrive pas à suivre les intrigues, ma connaissance de la langue ne me le permet pas. Je saisis le sens d'une phrase de temps à autre. Cela me rappelle ma mère, elle passe ses après-midi à écouter les *talk shows* américains qu'elle ne comprend pas ; madame Dufresne lui traduit les témoignages les plus poignants.

Je pense à mon père, à ses productions sirupeuses où les méchants sont punis à la fin du film par des châtiments terribles : ils restent riches, puissants, mais leur femme promène des enfants mongols ou des fils devenus handicapés et débiles en pleine jeunesse justement à cause de cet argent. Je pense que je suis le châtiment de mon père : il a engendré un monstre lui aussi. Cela lui ferait une bonne série : le producteur à scandales, entouré de belles petites poulettes, qui a engendré cette truie. J'ai mal au cœur. C'est l'odeur de l'hôpital, cette odeur de détergent et d'urine mélangés, une puanteur reconnaissable dès qu'on y met les pieds. J'attends près du lit de Mel qu'il retire ses écouteurs pour que je puisse repartir. Il les enlève, dit que Roseann est *bright*, qu'elle est un génie, comme Woody Allen.

Je remets ma cape. Je reviendrai demain avec les lettres et des nouvelles du chat. Je me rendrai chez lui et lui rapporterai des vêtements. Mel est mal à l'aise. Il dit : dans le placard de la chambre où il n'y a pas de meubles, il y a tout ce qu'il faut. Je dis : O.K.

Dehors, c'est l'ouest de la ville, huppé, désert, sans vie. Il y a d'autres femmes à l'arrêt d'autobus. Elles arrivent de l'hôpital, l'odeur est encore sur leurs vêtements. Je renifle ma cape, prends conscience trop tard que le geste est étrange. Elles s'écartent un peu. Je me reprends. J'attends l'autobus, debout, silencieuse, au-dessus de tout soupçon. Elles se rassurent.

Je monte la première dans la chaleur de l'autobus, m'assois sur la banquette latérale. Je me relève, replace ma cape, mes cuisses envahissent les places voisines. J'ai du mal à reprendre une respiration normale. Il me semble que ma poitrine s'élève et s'affaisse dans un vacarme infernal. Ma graisse encore. Je pense à mon âge, n'arrive pas à faire le lien entre cette femme invalide et moi. Le mot me surprend, m'envahit tout entière. Mel est en train de devenir invalide lui aussi. Je m'abandonne, relâche mon ventre, il s'étend sur mes cuisses. Il n'y a pas longtemps que mon ventre traîne aussi bas. J'ai l'impression que mon corps encombre. Je sais d'où vient cette impression, même si j'arrive presque toujours à éviter le souvenir. Dans le sous-sol de la grosse maison de banlieue, il y a plein de monde que je n'ai jamais vu. Ma mère se tient silencieuse dans un coin parce que mon père lui a dit que son accent était ridicule ; il le lui a dit la veille, en même temps qu'il lui a annoncé cette réception. Elle n'a rien à faire, un traiteur sera là. Il a tout arrangé. En même temps, il m'a regardée. Il n'a rien dit. J'étais trop grosse, plus difficile à cacher que l'accent traînant de ma mère. Il faut qu'il se résigne.

J'ai envie de manger. Je pense à Mel, à sa bibliothèque remplie de livres traitant de l'obésité, à ses discours bourrés de notions de psychologie populaire. Il prêche, en continuant de s'empiffrer de tiramisus des cafés italiens.

Les gros sont des clowns, pas des fous.

J'aurais préféré que Mel soit mort. Tout aurait été plus simple. Cette histoire d'infarctus m'effraie. J'ai peur qu'il finisse par mourir sur le divan de mon salon, du *ginger ale* répandu sur lui et des miettes de biscuits partout dans les draps. Maintenant, je ne pourrai pas arrêter de l'imaginer mourant dans une ruelle après une nuit passée à boire du scotch dans un des bars clandestins où il a l'habitude d'aller, son corps traîné à l'extérieur et laissé là pour éviter les problèmes avec la police.

C'est à Mel mort que j'ai pensé tout le temps que je me suis trouvée dans son appartement. Pourtant, tout était à peu près en ordre, même les plantes n'avaient pas eu l'air de trop souffrir. Je suis allée dans la chambre vide et c'est là que j'ai trouvé le chat. Il restait un peu de nourriture dans son plat, mais il n'avait plus d'eau. La bête est tout de suite sortie de la pièce lorsque je suis entrée. C'est un gros chat roux et jaune. Je n'aime pas les chats, particulièrement celui de Mel. Il est horriblement laid. En remettant le bol d'eau, j'ai vu qu'il avait vomi près de la fenêtre. J'ai pris un rouleau de papier de toilette qui traînait sur la table de la cuisine et j'ai essuyé le plancher. J'ai jeté le tout dans la poubelle. Après, j'ai pris le linge de Mel dans la garde-robe de la chambre vide. D'un côté, il y avait toute une série de tee-shirts noirs et de jeans suspendus sur des cintres, de l'autre, le manteau long de Mel que j'avais vu une fois et d'autres vêtements, des pantalons et des chandails achetés en France et qui n'étaient plus à sa taille. Je les ai reniflés. L'odeur de Mel était partout. Une odeur de poussière, de piment, de fritures et de viande fumée. Au début cela me soulevait le cœur et puis je m'y suis habituée, jusqu'à humer le corps de Mel lorsqu'il rentrait. On aurait dit qu'il traînait le boulevard Saint-Laurent sur lui. J'ai regardé dans les poches ; je n'ai trouvé qu'un vieux billet de métro et une lavallière en soie bleue. Cela m'a étonnée.

En sortant de l'appartement, j'ai pris le courrier dans la boîte. Un homme m'attendait au pied de l'escalier. Il a dit qu'il avait entendu mes pas. Il n'avait pas vu Mel depuis des jours. Il était inquiet. Il a senti que je me méfiais. Il s'est présenté, c'était l'oncle de Mel et le propriétaire de la maison. Il habitait en bas. J'ai vu une femme par la fenêtre qui nous surveillait. L'homme a regardé dans sa direction mais elle est restée là, à nous guetter. Il a dit qu'il savait ce que Mel avait raconté à sa mère, mais qu'elle était anxieuse. Sa sœur était vieille maintenant. Elle n'arrivait plus à joindre l'appartement de Mel, le téléphone avait été coupé. Il n'avait pas payé son compte depuis longtemps. C'est lui qui l'a fait *connected* ; le mot français lui échappait, je l'ai aidé. J'ai dit : réinstallé. Il a tout payé, même le dépôt faramineux exigé par la compagnie de téléphone. Il a expliqué à sa sœur qu'il devait y avoir eu une erreur. Je ne sais pas pourquoi, mais j'ai décidé que je ne reverrais plus Mel après cet après-midi-là. Je lui remettrais ses vêtements et son courrier et j'essaierais de l'éviter, jusqu'à ce qu'il comprenne ou qu'il réclame une explication. J'imaginais que Mel me laisserait le quitter assez facilement et qu'il ne s'entêterait pas.

L'homme attendait une réponse. Je n'avais pas bien suivi ce qu'il m'avait dit en dernier, préoccupée que j'étais par ma décision. J'ai dit pardon et j'ai rencontré le regard de la femme à l'intérieur de la maison. Il m'a demandé si j'avais vu Mel. Je lui ai montré le contenu de mon sac de plastique. J'ai dit que Mel était à l'hôpital, qu'il sortirait probablement au cours des prochains jours. Je ne sais pas pourquoi, j'ai tout raconté à cet homme, depuis combien de temps je connaissais Mel, ce qu'il m'avait dit à propos de son père. Je lui ai même dit que le mot qu'il avait choisi en français sonnait drôlement, que je n'avais jamais entendu dire cela par personne avant lui et que cela m'avait bouleversée. J'ai dit que je ne comprenais rien au rapport qu'il avait avec sa mère sauf que je trouvais ça un peu malade mais peut-être que je ne comprenais pas bien leur culture. J'ai dit : « leur », je voulais l'inclure dans toute cette histoire. J'ai encore parlé de la mère de Mel mais j'ai ajouté qu'il ne m'avait jamais vraiment rien dit et que peut-être j'avais tout inventé.

Je commençais à avoir froid sous ma cape, parce que pendant tout mon discours je m'étais mise à transpirer, je sentais la sueur sous mes cheveux. Il devait y en avoir aussi sur mon visage parce que l'homme m'a tendu un kleenex qu'il avait dans sa poche. J'ai essuyé le dessus de mes lèvres machinalement.

Maintenant, je grelottais, j'avais du mal à me retenir.

L'homme se tenait silencieux près de moi et j'ai commencé à avoir honte, mais en même temps je me sentais soulagée. Il m'a demandé si je voulais entrer et j'ai refusé. La femme nous surveillait toujours. L'homme ne disait rien et je tremblais de froid devant lui. J'ai regardé autour, des femmes hassidim poussaient des enfants dans de gros carrosses foncés. La lumière commençait à baisser. J'avais un peu perdu la notion du temps. J'ai regardé ma montre. L'homme m'a saisi le poignet. J'ai senti la pression de sa main. Il a dit que Mel n'aurait jamais dû revenir. Il a regardé vers la fenêtre, la femme avait disparu. Il s'est dirigé vers un petit garage à l'arrière de la maison et je suis repartie vers le café des Arabes qui était tout près.

En marchant, je sentais mes sous-vêtements humides qui me collaient à la peau. C'était inconfortable, mais en même temps, je me sentais coupable, comme si j'avais pu contrôler ma transpiration. Mon corps m'échappait, ma graisse m'échappait, ma cape et les morceaux de tissu immenses dans lesquels je me drapais me paraissaient inutiles.

Le café était désert, j'ai pris une table dans le fond. J'ai enlevé ma cape et je me suis dirigée vers les toilettes. J'ai eu du mal à me faufiler entre le lavabo et la cuvette. La femme dans le miroir m'a fait peur. Une vision de moi, dans dix ans, transpirant au moindre mouvement et le cheveu mou et rare comme en ont les femmes obèses. J'avais déjà vu cette femme quelque part. Je me suis mouillé le visage à l'eau froide et lavé les aisselles avec le papier brun qu'on utilise pour se sécher les mains. Je l'ai humecté et enduit du savon rose et visqueux du distributeur. Ma sueur sentait de plus en plus le lait suri. J'ai pensé à ma grand-mère, à la mère de mon père que je n'avais pas beaucoup connue parce qu'il en avait honte. Elle avait cette odeur. Enfant, cela m'écœurait. Mon frère et moi trouvions qu'elle sentait mauvais.

Je suis retournée à ma place et le serveur m'a apporté le menu. Je ne voulais qu'un café. J'ai quand même pris des falafels croulant sous la sauce de sésame. J'ai rajouté du sel. Les falafels étaient tièdes. La salle s'était obscurcie à cause de la tombée du jour. Des hommes élégants entraient et serraient la main à ceux déjà là. Je suis restée là longtemps, en attendant d'avoir le courage de refaire le trajet en autobus jusqu'à l'hôpital. Personne ne faisait attention à moi, j'étais invisible, paisible. J'ai pensé à Paul. Là, maintenant, il me manquait. J'avais peur de déraper encore, comme avec l'oncle de Mel, de ne plus me contenir, comme si mon corps allait m'échapper. J'avais du mal à me rappeler tout ce que je lui avais dit. Je me souvenais d'avoir parlé longtemps de Mel, de tout ce qui le concernait, mais peut-être que pour cet homme tout ce que je disais n'avait pas de sens. Je ne me rappelais exactement que le mot « mépris », que j'avais répété plusieurs fois. Je lui avais probablement dit que ce mot me faisait mal. L'arrière du café était presque dans l'obscurité, toute la lumière provenait du bar à l'avant. Le reste de la salle n'était pas éclairé. Il commençait à être tard et Mel aurait besoin de ses vêtements pour sortir de l'hôpital. Le jeans et le tee-shirt qu'il portait à son arrivée avaient été déposés dans un sac à vidanges. Mel n'avait pas voulu que je les touche. J'ai laissé l'argent sur la table entre l'addition et le cendrier. J'avais l'impression que ma démarche était lourde. Je n'avais qu'une envie, c'était de me laisser tomber dans mon immense baignoire. Le temps qui me séparait de cet instant me semblait interminable.

J'ai repris l'autobus vers l'ouest de la ville, vers l'hôpital. J'étais déjà habituée. Mel n'était pas dans sa chambre. J'ai marché dans le corridor en regardant par les portes entrouvertes et je l'ai vu, vêtu d'un peignoir à carreaux bleus ouvert sur la poitrine et de sa jaquette d'hôpital, en grande conversation avec une famille. Il m'a fait signe et je suis retournée l'attendre dans sa chambre. Je ne suis pas entrée parce que je savais que Mel était en train de leur mentir et je ne voulais pas qu'il se sente mal à l'aise en ma présence. Il ne mentait bien qu'aux inconnus ; il devenait brillant, séduisant. Il est revenu tout de suite dans la chambre, presque sur mes talons. Nous n'avions pas encore parlé, qu'une femme a cogné à la porte et a déposé au pied du lit une énorme boîte de chocolats bon marché. Son père ne pouvait pas les manger à cause de son régime. Mel a dit merci et elle est repartie. Il a murmuré que c'était des trucs infects. J'ai pris la boîte et j'ai commencé à manger. Il a ajouté que je pouvais les prendre si je voulais. J'ai étalé ses vêtements sur le lit, et j'ai versé la boîte de chocolats dans mon sac de plastique. J'ai pensé qu'il me serait plus facile de les dissimuler dans l'autobus et que je pourrais les manger durant le trajet de retour. Je n'ai parlé ni de son oncle, ni du téléphone, ni du vomi de chat que j'avais ramassé. Rien. Je mangeais chocolat sur chocolat et j'étais contente parce que la boîte était pleine, elle n'avait même pas été entamée. Je palpais les morceaux de mes doigts pour ne pas tomber sur les chocolats durs. Je déteste les chocolats durs. Il m'a demandé si tout était en ordre chez lui et j'ai dit oui. Il a étalé les lettres sur le lit et il a pris deux enveloppes qu'il a mises dans la poche de sa robe de chambre. Il allait sortir le lendemain mais il devait revenir tous les quinze jours pour qu'on puisse analyser l'effet des médicaments sur son cœur. Il parlait de son médecin, de sa nouvelle alimentation, du vélo qu'il allait se procurer à la fin de l'hiver. Il était animé en parlant, comme transfiguré. J'ai dit qu'il parlait comme un converti. Cela m'a échappé. Je savais que c'était la dernière fois que je le voyais, que notre lien allait s'arrêter sur cette image. Un homme arrivé au milieu de sa vie, un homme qui n'avait rien réussi et qui s'apprêtait à repartir à neuf à quarante-cinq ans, comme il l'avait lu mille fois dans ses livres sur les gros. Il allait, lui aussi, être sauvé.

J'ai dit que je devais rentrer. J'étais partie de chez moi tôt le matin et je n'en pouvais plus. J'avais une longue journée à l'école de danse le lendemain, le spectacle de fin d'année approchait, ils avaient doublé la fréquence des répétitions. Mel m'a écoutée, étonné. Je lui tenais des propos venus de l'autre monde. Dans l'autobus, je me suis assise sur le dernier banc. J'ai mangé lentement mes chocolats, un à un, en faisant attention à ne pas me faire remarquer. Il n'y avait que l'odeur pour me trahir.

Je ne voulais pas être sauvée.

C'est ma mère qui a choisi le restaurant. Elle a insisté. L'endroit lui ressemble : propre, insignifiant, conçu pour plaire au plus grand nombre.

Mon frère ramène le siège d'enfant près de lui. Je regarde ma nièce, c'est une enfant blondasse, avec des yeux très grands, presque trop grands pour son visage. Elle ne bouge pas beaucoup malgré ses deux ans. Elle reste assise, emprisonnée dans sa chaise en surveillant sa mère de loin. Je n'y suis pas attachée. Ma belle-sœur revient la première. C'est une femme calme, ingénieure elle aussi, que mon frère a rencontrée à l'université. Ils ont emménagé tout de suite dans un sous-sol, non loin de la faculté de génie. Ils sont restés là longtemps, jusqu'à la fin de leurs études. Ils devaient allumer les lampes jour et nuit. Je me lève à mon tour, avec mon frère. Un énorme buffet est placé au centre de la salle : cela passe de la cuisine italienne jusqu'au chinois américain. Dans un coin, quelques plats mexicains ; c'est une nouveauté qu'ils essaient. L'homme qui semble être le gérant de l'endroit passe son temps à replacer les plats et les gros ustensiles de cuisine.

Il tient un linge mouillé qu'il cache dans sa main fermée. Propre, cela devient plus attirant. Les plats des pays sont annoncés par des néons aux couleurs nationales. Je fais des yeux le tour de la salle. Je ne sais pas combien de personnes peut contenir ce restaurant. L'endroit est plein de couples entre deux âges, trop gras, qui doivent n'avoir que cette activité en commun une fois la semaine. Je me dirige vers l'Italie, sur le gril, je mets deux grosses tranches de pain enduites de beurre à l'ail. Tout est abondant, pantagruélique, une sorte de *all you can eat* de banlieue américaine. Dans un plat à part, je me fais une provision de fromage parmesan et de piments rouges broyés que Mel appelle des flocons. Je remplis mon assiette de lasagne à la viande.

Ma mère et ma belle-sœur ont déjà commencé à manger. La petite grignote des morceaux de côtes de porc barbecue que sa mère lui glisse sur un morceau de papier de plastique blanc que l'on pourra jeter après usage. Le papier sort d'un distributeur intégré à la tablette de la chaise haute. Je n'avais jamais vu cela. J'inonde ma portion de lasagne de parmesan. Je saupoudre de sel. Je plonge ma fourchette dans la lasagne. Tout ce que je croque est mou. Cela goûte mon enfance : une cuisine de banlieue saturée de colorants et de produits chimiques. Je me régale. Les autres ont opté pour la nourriture chinoise, ma mère chipote du bout des doigts ses ailes de poulet. Ses ongles ont été vernis avec soin. Personne ne parle jamais de mon poids ni de mon obésité devant moi. Il doit en être question lorsque je ne suis pas là. Des propos remplis de clichés sur les dangers de l'obésité pour la santé ; ma mère doit conclure sur ma ressemblance avec la sœur et la mère de mon père. Pendant longtemps, je suis parvenue à oublier mon corps, sauf récemment. Je suis hantée par l'image de mon père qui semble s'être remis à grossir sur les magazines, par l'odeur que je dégage et qui me ramène à la petite maison blanche et propre de la famille de mon père. Une petite maison remplie de gros.

Je n'y avais jamais pensé.

Tout le monde est silencieux. Le bruit assourdissant dans la salle nous empêche d'entretenir la moindre conversation. Pourtant, c'est un repas officiel : nous soulignons le départ de mon frère. Sa femme et lui ont accepté un contrat de deux ans dans le sud de la Saskatchewan, près de Regina. Les salaires sont bons, et ces temps-ci, même les ingénieurs ne doivent pas cracher sur les contrats. C'est mon frère qui parle. Il fait sortir les photos que ma belle-sœur traîne avec elle dans son sac. On y voit les maisons d'une banlieue cossue, exactement comme celle qu'ils habitent maintenant. Il faut qu'ils en profitent pendant que la petite ne va pas à l'école, après il sera trop tard. Ils connaissent déjà plusieurs personnes là-bas, il y a plein d'activités qui se déroulent en français dans la petite communauté. Ce ne sera pas trop difficile de s'adapter et la petite ira peut-être à la garderie anglaise. Les enfants apprennent vite. Ma mère est émue, mais d'une émotion de convenance, un peu forcée. Je me tais. J'ai hâte que ma belle-sœur referme l'étui qui contient les photos et que ma mère cesse d'avoir l'air triste pour retourner me servir. Je déteste lorsqu'elle est comme ça, parfaite, mais en même temps un peu décalée dans ses gestes. C'est toujours le mot « déplacée » qui me revient.

Mon père choisit toujours le sujet de ses téléséries en pensant à ma mère. Pour lui, elle a l'âme de son public cible : les bons sentiments, la droiture, le besoin d'ordre. Il s'en est souvent vanté lors des coups de téléphone compulsifs qu'il me fait les soirs de première. Il me répète aussi que lui n'aurait jamais divorcé. C'est la faute de ma mère : elle n'arrivait pas à s'adapter à sa nouvelle vie.

Je me lève, essaie de ne pas penser à mon père. Mon frère a dit qu'il l'avait invité mais qu'il passait beaucoup de temps à Toronto, à cause des contrats de traduction qu'il était en train de signer. Mon frère a rajouté, et cela sonnait faux, que mon père faisait beaucoup d'argent avec ça, mais il l'a dit sur le même ton que pour les contrats en Saskatchewan, comme un fait, sans avoir l'air d'être touché. Devant ma mère, mon frère évoque toujours mon père de la même façon, avec une sorte d'indifférence bon ton, en fils de divorcé équilibré. Je n'en crois rien. Cela sonne faux. Je ne réagis plus depuis longtemps. Les deux adolescents violents qui se rouaient de coups dans leur sous-sol luxueux ont disparu de sa mémoire. Il m'arrive de croire que je les ai inventés.

Je peux me relever enfin, je croise les yeux d'une des immigrantes chargées de desservir les tables. Une femme de l'âge de ma mère. Elle a un regard intense. Je baisse les yeux la première. Je reprends des grosses tranches de pain à l'ail que j'aime tant et je me remplis deux tasses de ce café-filtre que Mel appelle du café américain. Mon frère et ma belle-sœur sont déjà prêts à partir. Ma mère et moi voulons prendre le temps de finir nos cafés. La petite est fatiguée, elle a la tête appuyée sur le plastique sale. Ma mère se redresse pour les embrasser. Elle et ma belle-sœur laissent couler quelques larmes. Je me penche vers la petite, l'embrasse. Cette enfant m'est étrangère. Je touche l'épaule de ma belle-sœur en lui souhaitant bonne chance pour le déménagement et je regarde mon frère dans les yeux. C'est tout. Ils viendront cet été pour leurs vacances, quelques jours seulement parce que c'est leur première année. Déjà, aux fêtes, ils seront là plus longtemps. Je pense qu'ils ne font que changer de banlieue. Je finis mon café en silence pendant que ma mère se refait les lèvres. C'est un geste que je n'ai jamais fait, je ne porte pas de rouge à lèvres. Je pense qu'il faut être une petite femme frêle pour faire ce geste sans paraître grotesque. Je l'ai toujours pensé.

Les baleines ne se font pas les lèvres, on ne leur apprend pas.

Je traverse l'immense parking en tenant le bras de ma mère. Le vent est très fort et il a commencé à neiger. Nous attendons que le moteur de la voiture se réchauffe avant de partir. Ma mère n'aime pas conduire lorsqu'il neige. Je suis à des kilomètres de la première station de métro. Ma mère est effrayée, je le vois à sa nervosité. Je dis qu'il n'est pas nécessaire de me reconduire, je prendrai l'autobus près de chez elle. Elle ne prend pas l'autoroute, emprunte la voie de service. C'est un endroit hors du monde, rempli de bruits de moteurs et de grandes surfaces. Il y a des complexes funéraires immenses qui ressemblent à des centres commerciaux, devant l'un d'eux, une femme en tailleur et en souliers court entre les voitures, un homme essaie de la rattraper avec un manteau. Ma mère et moi suivons la scène en silence. C'est irréel.

Ma mère raconte que le complexe funéraire est bien organisé, qu'elle y est venue lorsque la mère de madame Dufresne est morte. Il y a même des chapelles attenantes aux salons funéraires et on peut passer d'une salle à l'autre sans sortir. Elle dit que le service de traiteur y est excellent et que la salle à manger, décorée de dentelles, est magnifique. Certains forfaits comprennent même le vin. Pour la mère de madame Dufresne, en tout cas, elle n'avait jamais vu de si beaux buffets. Elle avait trouvé cela très bien tenu et l'intérieur du complexe était spacieux et propre. J'ai pensé à la mort propre. J'avais le même fantasme que ma mère. Nous voulons tous des morts propres, dans des lits immaculés.

Je suis entrée chez elle pour attendre que la tempête s'apaise un peu avant de repartir. Je ne viens plus jamais dans cette maison. C'est toujours ma mère qui me rend visite. Elle dit tout le temps que c'est parce que je n'ai pas de voiture. Je ne la contredis pas. Mon rapport à ma mère est rempli de petites lâchetés de ma part qui, avec les années, me font de plus en plus souffrir jusqu'à provoquer une tension à la base de mon cou, comme maintenant, au moment d'entrer dans cette grosse maison inutile. Ma mère change le mobilier au gré des revues de décoration et des propos que tient la gérante de la boutique voisine de celle où elle travaille avec madame Dufresne. La mode est aux bandes de tapisserie décoratives que l'on met pour créer une impression de cimaise, il y en a dans toutes les pièces. Les plafonds sont bas et les bandes accentuent cet effet. Tout est propre, à sa place. Je me suis assise avec ma mère dans ce qu'elle n'appelle plus le salon mais la salle de séjour. Elle est minuscule dans cette pièce trop grande. Je sais qu'elle n'y vient jamais. Ma mère passe ses journées libres à faire du ménage et à boire du café instantané en poudre qu'elle dilue dans l'eau chaude du robinet en tenant un linge humide dans son autre main, pendant qu'elle parcourt la rue du regard. Une rue tranquille où il ne passe jamais personne. Elle appelle ses sœurs. Elle sait tout ce qui se passe dans la petite ville du Nord. « Déplacée. » C'est toujours le mot qui me revient. Elle connaît chaque histoire de bébés, de mariages ou de divorces. Ma mère passe deux semaines en juillet dans le chalet familial avec ses sœurs et sa mère, les maris ne viennent que le soir et repartent tôt le lendemain vers toutes sortes de travaux de rénovation qu'ils n'ont pas le temps d'accomplir pendant l'année. J'ai saisi la dernière phrase de ma mère au vol. Je ne l'écoute que vaguement comme toujours et puis je ne sais pas pourquoi, là, dans cette salle de séjour rose et beige, je lui ai demandé pourquoi elle restait là, pourquoi elle ne repartait pas pour la petite ville du Nord ; au moins elle connaîtrait les voisins qu'elle surveillerait de la fenêtre de la maison de sa mère. En disant cela, la tension dans mon cou s'est relâchée. Ma mère a cessé de parler.

Je ne sais combien de temps a duré son silence, je me suis calée dans le fauteuil et j'ai regardé la tempête grossir à travers la fenêtre. Le vent soufflait de plus en plus. Ma mère a allumé la télévision à un canal qui ne diffusait que des informations météo. Une blonde, semblable à celles qui font la promotion d'équipements de conditionnement physique, expliquait savamment l'évolution de la dépression et nous montrait sur une image satellite des tourbillons blancs au-dessus du Québec. J'étais épuisée. J'ai dit que je voulais m'étendre un peu. Je n'arrivais pas à réfléchir lorsque ma mère était dans la même pièce que moi. Je suis allée au sous-sol, la table de billard de mon père et des décorations masculines ornaient la salle commune. Des reproductions de golfeurs du début du siècle étaient accrochées au mur et le motif était repris sur les coussins du canapé. Ma chambre d'adolescente avait été redécorée et la salle de bain attenante avait été repeinte dans des tons de turquoise et de blanc. La chambre était blanche du couvre-lit aux meubles en mélamine. Je ne les avais jamais vus. Je me suis étendue sur le lit. Je me suis roulée dans l'édredon synthétique, chaque mouvement de mon corps provoquait un crépitement d'électricité statique. J'avais froid, je ne pensais qu'au froid. J'entendais les pas de ma mère et un bruit d'eau : elle devait se faire couler un bain. Ma mère se lavait lorsqu'elle ne savait plus quoi faire, cela lui procurait une activité, elle avait toujours été comme ça. Je ne m'étais plus couchée dans cette chambre depuis des années, je ne venais plus dans cette maison. Je n'y avais d'ailleurs pas habité très longtemps, j'avais passé mon adolescence dans une autre grosse maison décorée par ma mère, dans une ville de banlieue cossue où il n'y avait pas d'arbres, que des grosses maisons aux terrains paysagés par le même pépiniériste. J'avais froid, un froid intense, cela m'empêchait de bouger. J'avais toujours eu très froid, en toutes saisons, même en été, parce que je passais mon temps au sous-sol de la maison. La canicule, la chaleur, les odeurs de poussière et l'impression d'être chauffée à bloc, je ne les ai connues qu'à Montréal, et malgré les ravages que la chaleur faisait subir à mon corps : les échauffements entre les cuisses, les plaies sous mes bras, je m'abandonnais à la torpeur, couchée sur un drap blanc que j'étalais sur mon sofa pour recueillir ma sueur et pour ne pas sentir, sur ma peau, le tissu rugueux. La canicule est devenue une période euphorique où je reste terrée dans mon appartement à jouir de la chaleur.

Je ne dormais pas, j'étais engourdie dans l'effort que mon corps faisait pour digérer : une sorte d'apathie où il m'était impossible de bouger un seul de mes membres mais où mon esprit entrait dans des états de conscience que je n'atteignais jamais en période de veille. J'en émergeais souvent avec la conviction d'avoir trouvé une vérité inaltérable dont je ne me souvenais plus, une fois réveillée.

Je n'arrivais pas à voir le lien entre la petite ville du Nord, cette grosse maison désertée et l'obèse couchée dans ce lit. Un chaînon manquait. Cela avait un rapport avec ma graisse, avec la voix angoissée de mon père, avec la vie réglée de mon frère et le conformisme absolu de ma mère. J'aurais voulu me lever, pour être certaine de retenir ma pensée, mais mon corps refusait de bouger.

Il y a la voix de ma mère. Je me suis endormie. Elle m'appelle à travers la porte. Je dis : je me lève. Je pense au chaînon manquant. Je ne l'ai pas oublié.

Ma mère a préparé des sandwiches au jambon garnis de salade et de moutarde douce. C'est un goût que j'avais oublié. Il y a aussi une soupe en conserve et une bouteille de coke trônant au centre de la table. Ma mère sent le savon au citron Jean Naté. C'est une odeur que je déteste. Elle s'est démaquillée et porte un pyjama d'intérieur rose pâle. Il est près de sept heures, elle m'a laissé dormir. Mes vêtements sont froissés ; dans le miroir de la salle de bain, la même vision qu'au café des Arabes : une femme obèse fatiguée aux cheveux mous. La tempête ne s'est pas apaisée. Ma mère dit que toutes les routes ceinturant Montréal sont fermées, la neige ne doit cesser qu'au cours de la nuit. Pendant que je dormais, elle a continué à écouter le réseau météo. La télévision posée sur le comptoir montre des images de voitures enfouies sous la neige ; c'est la plus grosse tempête de l'hiver. Ma mère croit que je devrai passer la nuit chez elle : les autobus de banlieue ne fonctionnent à peu près plus. Elle est mal à l'aise. Elle n'a pas de robe de nuit à m'offrir. Il n'y a pas un vêtement dans la maison qui puisse m'aller. Je dis que j'ai un grand tee-shirt sous mon chandail de laine. Ma mère est soulagée. Elle a préparé ce qu'il faut pour que je prenne un bain. Je me ressers de la soupe et prends des tranches de jambon à même le paquet dans le frigo. J'étale de la margarine sur les tranches de pain. Je finis avec un immense verre de coke que j'apporte avec moi à la salle de bain. Ma mère a un bain tourbillon qui me semble étroit. Je ne suis pas certaine de pouvoir me glisser dedans. Je fais couler de l'eau et verrouille la porte derrière moi. J'entends ma mère ranger la cuisine. Je finis mon verre d'un trait, comme j'aime faire avec le coke, j'imagine le bouillonnement dans mon estomac, les aliments pris d'assaut et fondant sous l'action des gaz : digestion assurée. Je me force à pousser un rot pour plus de confort. J'essaie d'étendre mon chandail et mon pantalon pour qu'ils se défroissent sous l'action de la chaleur. Le tee-shirt dans lequel je vais dormir est imprégné de sueur, si j'étais seule, je le laverais et le ferais sécher à la machine. Je mets le bain tourbillon en marche. C'est inutile, je n'arrive pas à m'asseoir jusqu'au fond de la baignoire. Je me lave accroupie, dans l'eau qui gicle. Je ne touche pas aux boules d'huile de bain multicolores que ma mère a mises près des serviettes, leur odeur me donne la nausée. Je prends le savon posé sur le lavabo. Mes genoux me font souffrir. Je pense que je suis déplacée dans cette salle de bain, je n'ai pas de repères. Je pense à ma baignoire sur pieds, immense, dans laquelle je glisse mon corps tout entier.

L'eau me fait du bien. Je revois Mel, le corps énorme, trempant des heures dans ce qu'il appelle ma piscine. Je ne l'ai pas revu depuis qu'il est sorti de l'hôpital. J'ai réussi à l'éviter. Il n'arrête pas de téléphoner et de laisser des messages qui ressemblent à des slogans publicitaires sur les bienfaits de l'exercice et de la saine alimentation. Je sais qu'on le retrouvera encore saoul mort au fond de la salle du club espagnol du boulevard Saint-Laurent. Mel ne sera pas sauvé, quoi qu'il fasse, j'en ai la certitude. Après mon bain, je prendrai mes messages téléphoniques à distance avant de me coucher. Il y a des heures que je suis partie de chez moi ; j'ai l'impression que cela fait plusieurs jours, tellement la maison de ma mère me ramène en arrière. J'ai peur de rester prise dans le sous-sol luxueux, incapable d'en sortir, gavée de coke et de nourriture préparée dont je raffole. La vie de ma mère me semble un châtiment éternel, les mêmes soirées, les mêmes émissions, le même souper de sandwiches et de soupe en conserve. Elle doit toujours acheter des brioches couvertes de gelée rouge épaisse et molle que mon frère et moi mangions au retour de l'école. Leur goût me revient dans la bouche.

Ma mère est assise devant la télévision. La bouteille de Southern Comfort est juchée sur le réfrigérateur. Elle m'en offre. Je prends la bouteille d'alcool et l'apporte au salon. Elle a loué un film que le fils de madame Dufresne lui a recommandé. Son premier verre lui a fait du bien, elle a la voix qu'elle a parfois lorsqu'elle m'appelle le soir. Je dis que je l'ai déjà vu. Je remplis le verre de ma mère et le mien. C'est son deuxième et le dernier. Elle le dépose près d'elle, elle le finira un peu plus tard pour que l'effet dure jusqu'à ce qu'elle se couche. Cela l'aide à dormir. Le Southern Comfort, c'est une des choses qu'elle a gardées de mon père. Ils en buvaient le soir, dans leur bungalow luxueux. Ils jouaient aux couples américains qu'ils voyaient dans les films des années cinquante.

Le chaînon manquant, ces mots me viennent, mais je ne sais pas pourquoi. Je revois la petite maison entourée de sapins de la famille de mon père, mes oncles qui parlaient d'une voix forte et toujours du même sujet, ma mère qui se tenait debout près de l'évier et qui attendait. La petite ville du Nord, ma mère ne l'a quittée qu'avec son corps. Je reprends de l'alcool. J'ai l'impression que ma mère fait de la figuration, ce n'est pas sa vie, on l'a déplacée. Je parle, les mots sortent, ma mère est immobile. Je dis qu'elle doit retourner dans sa ville du Nord, elle verra autant sa petite-fille là-bas qu'ici, elle doit vendre cette maison. Je parle du chaînon manquant, ma mère ne comprend pas, elle me regarde, troublée. Je me suis mise à transpirer, l'alcool a fait remonter la température de mon corps. Les obèses transpirent pour un rien. Je me lève, je vais me chercher dans la cuisine un essuie-tout bordé de dessins roses. Je m'essuie. Je crie, ne me contiens plus. Je crie qu'elle doit vendre cette maison. Ma mère me dit de me calmer. Je retourne dans la cuisine, j'essaie de trouver les brioches de mon adolescence. Le frigo est vide, seulement du coke et des viandes froides. Le congélateur est plein de plats cuisinés allégés et congelés. Je reviens, répète qu'elle doit vendre cette maison. Elle dit qu'elle ne peut pas. La maison ne lui appartient pas. Elle n'a rien. Au moins, ici, avec madame Dufresne, elle a un travail. Ma mère a peur de moi, je le sens, je la mets au pied du mur. Nous n'avions pas eu d'affrontements depuis mon adolescence. Après mon départ, je n'avais revu ma mère que quelques heures par mois, lorsqu'elle venait me porter les magazines. Elle a peur de cette grosse femme qui paraît presque avoir son âge, qui boit de l'alcool dans des grands verres et qui garde la bouteille près d'elle pour se resservir. Cela me plaît qu'elle soit effrayée, elle ne fait pas semblant, pour une fois. Elle serre de toutes ses forces la commande à distance de la télévision. Je demande si elle a des brioches, elle dit non. Elle est prise en faute.

Je la questionne : mon frère le sait-il pour la maison ? Pourtant, je connais la réponse. Il le sait, c'est lui qui fait ses déclarations d'impôts depuis des années. Ma mère parle, je ne l'écoute pas, j'entends : début, adolescent, divorce.

Je pourrais tuer mon père de mes mains.

Je me calme, je ne crie plus. Ma mère croit que j'accepte ses explications. Elle va dans la salle de bain pour se laver le visage. Je dis que je vais descendre pour lire. Je prends à bras-le-corps la pile de magazines de cuisine de ma mère. Je verrouille la porte de la chambre derrière moi. Ma mère a commencé à regarder son film. Je me répète que je vais le tuer. Cela me calme. Je me plonge dans des recettes complexes que ma mère ne fait jamais.

Les photos de magazines ne souillent pas sa cuisine.

Je suis dans le lit de mélamine. C'est ma première pensée. Il n'y a pas de bruit à l'intérieur de la maison, il doit être très tôt, j'entends le moteur d'une niveleuse. Je me lève, écarte le rideau de la fenêtre, impossible de voir à l'extérieur. J'ai envie d'un café. Je monte revêtue de mon tee-shirt usé et taché de sueur jaune sous les aisselles ; habillé ainsi, mon corps n'a pas d'entraves, mes mouvements sont faciles. Ma mère ne semble pas réveillée. Je me dirige vers la cuisine, le jour pointe à peine. La neige s'est changée en une sorte de pluie glacée. Je trouve le café instantané, je sais qu'elle n'a rien d'autre. Je fais bouillir l'eau dans le micro-ondes et je verse une grosse cuillerée de poudre, j'ajoute le lait évaporé que ma mère utilise toujours. Je vais au salon, me plante devant la fenêtre. Toute la neige accumulée est en train de fondre. J'ouvre le téléviseur au canal météo, la tour Eiffel se profile dans un ciel gris. On nous informe du temps qu'il fait en France, en cette minute. La caméra se déplace et nous montre des passants devant des vitrines. Tout est irréel. On revient en studio et la même speakerine qu'hier apparaît ; elle a changé de tailleur et de coiffure. Elle commente le bulletin météo du Québec pour aujourd'hui : on voit des voitures essayant de se frayer un chemin entre les accumulations d'eau et de neige. Une voix feutrée nous donne la température extérieure actuelle. De nouveau, la speakerine. Elle sourit, c'est un sourire impudent : le sourire de l'immortalité. Cela donne envie de la démolir. C'est une pensée qui me fait du bien.

Je dois partir. J'ai une classe avec la chanteuse maigre à dix heures. Je veux passer chez moi avant d'aller travailler. Je devrai prendre un taxi pour me rendre au métro. Le trajet sera hors de prix, mais je dois sortir de cette maison tout de suite. Je vais au sous-sol, m'habille, remonte. J'ignore où ma mère range l'annuaire téléphonique. Elle se lève, me demande ce que je cherche, me l'apporte. Je trouve le numéro d'un taxi, j'entends une voix nasillarde me dire qu'il y a un délai d'attente de dix minutes. Ma mère ne proteste pas, elle a aussi hâte que moi que je m'en aille. Elle ne sait trop quoi penser de la scène d'hier, ni de l'alcool qu'elle m'a vue boire. Je compte mon argent, j'en ai assez pour le taxi. Je mets mes bottes devant ma mère, je ne me cache pas. La peau de mon visage rougit sous l'effort ; elle me voit essayer de reprendre mon souffle, les jambes anormalement écartées, entièrement absorbée par la douleur de mon corps. Je reste assise un long moment avant de me lever et de revêtir ma cape. Je reste loin d'elle et loin de son odeur de savon au citron. Je sais, même si je lutte de toutes mes pensées, que j'ai attrapé le mépris de mon père pour cette maison inutile, pour ma mère et pour sa nostalgie de la petite ville du Nord. Je ne l'embrasse pas, ne dis rien. Le klaxon du taxi me secoue un peu. L'entrée est pleine d'une neige mouilleuse qui s'infiltre dans mes bottes. Je ne me retourne pas.

À l'entrée du métro, une odeur de poussière chauffée. Je respire à fond, heureuse de me couler dans cette saleté, libérée.

II

Je marche vite jusqu'à mon appartement, il est encore tôt, les rues sont désertes. De loin, je vois ma boîte aux lettres encombrée de dépliants. Je m'approche, ce ne sont pas des publicités mais des dessins au fusain représentant une grosse femme obèse dans son bain. Sous la baignoire brûle un brasier. Le corps de la femme a été tracé avec soin : c'est mon corps, chaque ligne, chaque courbe, chaque bourrelet est bien souligné. Le papier a été abîmé par la pluie des dernières heures. Je sais que c'est de Mel, c'est sa vengeance. Il m'a menti, il peignait lui aussi. Il a arrêté quand il est revenu après la mort de son père. Je prends le reste du courrier, serre les dessins contre ma poitrine. Je lui en veux de m'avoir menti. J'ai monté l'escalier en courant, je suis à bout de souffle. Je pousse la porte de mon appartement : l'odeur de chou vinaigré, le bruit des mains de la cuisinière en train de façonner les *pupusas,* la lumière grise. La paix.

Je m'assois au milieu de la cuisine, mes bottes dégouttent sur le parquet luisant. Je reste là, longtemps, à contempler les esquisses de Mel et le clignotant de mon répondeur. Je n'arrive pas à penser ni à organiser quoi que ce soit dans ma tête. Je suis essoufflée, j'ai peur d'être atteinte d'un essoufflement permanent. Tout le haut de mon corps fait entendre une stridulation agaçante. Je dois me lever, me changer, me rendre au conservatoire ; il faudra me faufiler derrière le banc de piano et croiser le regard du professeur de chant. Elle me connaît depuis mes études au conservatoire. Elle se demande pourquoi on m'engage encore. J'ai toujours été une pianiste médiocre sauvée par une facilité pour la lecture à vue.

Je suis intoxiquée de mépris. Cela m'effraie. J'ai attrapé la maladie de mon père.

Je n'ai pas le temps de prendre un bain ni de laver mes cheveux. Je passe ma main sur mon front en sueur. Je voudrais rester là, me préparer un riz chaud, y verser un œuf cru, tourner rapidement ma cuillère pour le faire cuire avant de le couvrir de fromage râpé.

Il me semble qu'il y a un siècle que j'ai dormi dans le lit de mélamine.

Dans le courrier, une carte de Paul. Il n'envoie que des petits mots mais il écrit souvent. Il dit qu'ils vont rester plus longtemps que prévu, la salle est toujours pleine. Depuis deux jours, un soleil pâle illumine les pierres grises. Cela le rend heureux. Il court les églises, leur silence, leurs concerts de musique ancienne. Le mot « silence » est revenu sur chacune de ses cartes. Mon frigo est tapissé de reproductions d'œuvres religieuses, c'est la première fois que je le remarque. La dernière carte représente le parvis de l'église Saint-Sulpice. Je l'imagine au milieu de ces pierres froides, vêtu de son anorak en duvet, et je pleure. J'allonge le bras, mets en marche le répondeur. La secrétaire du conservatoire me fait la lecture de mon horaire en marquant des pauses. Si je le peux, il y a un remplacement à faire cet après-midi, elle me laisse son numéro personnel. Le message date de la veille, elle a dû trouver quelqu'un, je ne me sens pas la force de faire deux classes aujourd'hui. Il y a un message d'Alice, elle est à Montréal pour un tournage. C'est la même voix que dans ses commentaires télévisés. Elle me laisse le numéro de son hôtel. Je peux la joindre tôt le matin. C'est l'image de la chanteuse maigre qui me revient, le corps trop dur dans lequel la voix ne résonne pas. Alice, le corps dur aussi, façonné par ses deux heures d'exercice quotidien, un muffin au son dans son sac à main, muffin qu'elle cuisine elle-même pour en contrôler le contenu en gras. Alice qui lave chaque soir son linge du jour et le suspend au-dessus de sa baignoire pour ne pas consommer de l'électricité inutilement. Alice avec qui je n'ai plus d'autre lien que celui d'avoir habité la même banlieue sans arbres, d'avoir passé avec elle des après-midi entiers à rêver dans mon sous-sol de chanteurs français *cheap*. Je lui passais des romans-photos en cachette parce que sa mère refusait qu'elle en lise. Les sœurs de ma mère nous en apportaient à la caisse lorsqu'elles nous rendaient visite. Elle les aimait plus que moi. Je n'arrivais pas à m'identifier à ces histoires. Déjà, ma graisse m'avait mise à l'écart. Les beaux acteurs italiens ne s'intéressaient pas aux grosses filles enfermées dans les sous-sols. Je les lisais distraitement pour tromper l'ennui ou pour retarder l'heure où je devais me mettre au piano. Alice qui se vante d'avoir des amants beaux comme dans les romans-photos, amants qu'elle n'arrive pas à conserver plus d'un mois mais dont elle est en mesure de décrire le corps comme un médecin légiste après une autopsie. Paul ne l'aime pas, il ne me l'a jamais dit mais je le connais. Il refuse toujours de la rencontrer. Je ne la vois que quelques fois par an, lorsqu'elle est à Montréal. Je ne vais jamais à Québec. Elle travaille à une émission de télé sur la consommation. Alice pense toujours qu'elle va trouver du travail dans un musée ou bien au théâtre ou bien dans une émission culturelle. Elle croit à cela depuis des années et à la dernière minute ça ne marche jamais. Je ne sais pas trop pourquoi. Nous nous parlons parfois au téléphone. Je lui mens. Je lui mens depuis tellement longtemps que chaque petit mensonge, chaque lâcheté me crée une petite tension dans le cou. La voir me donne des douleurs physiques. En sa présence, je me sens toujours sale, d'une saleté dont je ne pourrai jamais venir à bout. La propreté d'Alice est inatteignable. Chaque parcelle de son corps est propre, elle n'a pas de plis sur ses vêtements ni de taches. Je n'ai jamais compris comment elle y arrivait. Je note son numéro.

Il y a d'autres messages mais on a raccroché. C'est Mel. Il est plus difficile que je croyais de m'en débarrasser, je ne veux pas lui parler, je ne veux pas de confrontation, je ne veux pas l'entendre prêcher, je ne le supporterais pas. Les clés de Paul sont dans le vide-poche au-dessus du frigo. J'ai envie de disparaître pour quelque temps. Je prends des vêtements, me change. Je vais habiter chez lui. Il m'a laissé sa carte pour le club vidéo. Après le conservatoire, je vais m'enfermer chez lui pour quelques jours et ne sortirai que pour me rendre au travail. Je ne sais pas encore si je vais appeler Alice, je suis lasse, je ne suis pas en mesure de décider maintenant.

Dans les toilettes du conservatoire, j'essaie de me recoiffer. La peau de mon visage est luisante et je me sens fébrile. La salle de répétitions m'apparaît trop petite pour me contenir. Je suis en avance, je place le banc de piano, j'ai le temps de regarder les partitions. Je ferme les yeux et j'essaie de reprendre une respiration normale. Je pense au trois-pièces de Paul, à l'absence de bruit, au tapis beige. La chanteuse arrive : c'est celle qui ressemble à Alice. Elle porte une sorte de chandail en lycra qui dessine chacun de ses os et qui révèle la naissance de ses petits seins bien faits. Elle place ses pieds, fait des exercices de respiration, me sourit. À l'entrée du professeur, elles s'embrassent et parlent entre elles d'émotions, de bien-être, d'énergie, c'est un discours quasi religieux et redondant qui m'ennuie et m'angoisse. La chanteuse baisse la tête, se concentre, je dois attendre son signal. Je pense qu'elle en fait trop pour une salle de répétitions. Sa voix s'élance, sans résonance, sans corps, mais juste. Elle ne rate jamais une note. Elle m'exaspère. Je n'écoute pas leur conversation et j'attends que cela soit fini. En sortant, le maître me fait remarquer que mon accompagnement n'était pas des plus inspirés. Je pense à Paul, je ne veux pas qu'il ait des ennuis. Je dis que j'ai des problèmes de santé. Elle balaie mon corps des yeux. C'est la pitié qui l'emporte : elle a pitié de cette grosse femme échevelée. J'ai gagné.

Toutes les artères du centre-ville sont pleines d'eau. J'ai froid aux pieds. Je marche sur le boulevard Saint-Laurent ; j'achète de quoi me nourrir pour quelques jours. Cette rue m'apaise. Elle a toujours eu cet effet. Mon sac est lourd, je traîne un tas de livres, des vêtements, des cassettes vidéo. J'arrive épuisée dans l'appartement de Paul. Je monte le chauffage. Tout est beige et blanc. Les meubles de Paul sont pour la plupart des trésors trouvés dans les poubelles. Une vieille table recouverte d'arborite imitation bois, des chaises dépareillées et, trônant au milieu du salon avec le piano et la chaîne stéréo, un vieux fauteuil en cuir rouge percé de brûlures de cigarettes. Il n'y a que l'appartement et les appareils électroniques qui soient moderne ; le piano est celui de son enfance. Un piano droit dont Paul dit qu'il le connaît tellement qu'il arrive à le faire bien sonner. Le piano me donne mal au cœur. Je cherche un tee-shirt propre dans mon sac. Je vais me doucher, je laisserai l'eau chaude couler longtemps sur mon corps, assez longtemps pour être lavée de ma mère, du restaurant de banlieue, du conformisme de mon frère, de la voix d'Alice. La salle de bain de Paul est moderne, le jet de douche est réglable : il est chaud et puissant. C'est le luxe pur, l'eau qui coule, je reste là jusqu'à ce que je sois fatiguée. Je sors, je m'enveloppe dans les serviettes que Paul a laissé pendre. Je vais dans la chambre, ouvre les placards. Je cherche des draps, en trouve. Je recouvre le piano et le vieux fauteuil. Je laisse une serviette sur mes cheveux. Je ne sortirai pas avant demain en fin d'après-midi. J'ouvre la bouteille de Southern Comfort que je viens d'acheter, je ne sais plus pourquoi, peut-être pour la sensation de chaleur qu'il apporte. Je me sers un grand verre que j'entoure de mes mains. L'alcool chaud glisse dans ma bouche. Je m'assois dans le fauteuil devant la télévision. Mes vêtements traînent par terre à côté de la table de la cuisine. Je regarde pendant des heures toutes les émissions, les unes à la suite des autres. J'attends le premier épisode de la série que mon père vient de produire. Je ne suis pas la seule, tout le monde attend, toute la publicité entourant cette émission est basée sur cette attente. Toutes les vingt minutes, de gros hommes comprimés dans des complets sombres nous expliquent pourquoi leur compagnie sérieuse subventionne la production de cette série. La caméra les ennuie, visiblement, ils sont mal à l'aise. Pour un peu, on s'excuserait de les avoir dérangés. Ces publicités sont le sommet de l'art : on se sent redevable, embarrassé. Je pense à mon père. Je sais qu'il crée ces histoires pour forcer la porte de la petite maison entourée de sapins. Je sais qu'il leur téléphonera, qu'il butera sur des réponses vagues et qu'il s'en voudra. Il appellera aussi chez moi, mais je ne serai pas là pour entendre sa voix anxieuse, pour le rassurer avec des phrases banales et des mots qui n'ont pas cours dans la petite maison, des mots qu'il ne reconnaîtra pas, et il raccrochera, plus anxieux encore. Je ne sais pas ce qu'il fait après ces coups de téléphone, je n'y pense jamais. Je me dis qu'il doit tourner en rond dans son condo luxueux du haut de la ville. Il doit être à moitié nu aussi. Il ne supporte pas les vêtements. Je dis tout haut : comme moi. Encore un lien. Je n'y avais jamais pensé.

Les premières images défilent devant moi. Une maison immense au bord d'un lac : c'est l'automne, deux voitures de luxe sont stationnées devant un garage tout aussi immense. La caméra s'attarde. Un homme d'une cinquantaine d'années nous tourne le dos, il est à son bureau. On entend sa voix. Il parle au téléphone, raccroche, laisse siffler un sacre entre ses dents. Ensuite, je n'écoute plus la conversation qui s'amorce. Une femme mûre d'une grande beauté apparaît, puis d'autres. Elles sont belles : je le dis à voix haute. Je sens la chaleur du Southern Comfort dans ma bouche. C'est encore le souvenir de la réception au sous-sol qui revient. Il y a le regard de mon père posé sur moi, mon père qui ne peut pas me cacher. Je revois la pièce remplie d'inconnus et une grosse adolescente qui fait le tour des petits groupes et parle à des gens embarrassés de découvrir que mon père a une fille comme cela ; ils n'en reviennent pas. La grosse adolescente parle, elle dit des obscénités.

Elle affirme que son père gagne toujours, qu'il ne pleure jamais. Je revois cette adolescente, j'ai honte de son impudeur. On l'avait poussée là. La fièvre du lit de mélamine me reprend. C'est toute l'adolescence dans le sous-sol qui me revient. J'en ai la nausée.

Les images continuent de se dérouler devant moi. Je ne suis pas l'intrigue, c'est inutile. J'attends la scène scandaleuse que mon père glisse toujours dans chaque émission, scène savamment pensée, qu'il défendra comme nécessaire, réaliste. J'entends déjà sa voix dans les *talk shows*. Ils devront le réinviter, le pousser à se justifier. La séquence arrive : une fille noire, très jeune, au corps superbe, se déshabille derrière un rideau. On devine la silhouette d'un homme assis, elle s'agenouille devant lui. Une histoire de ministre pervers. Ça existe. J'entends la voix de mon père, proche, tout proche.

Je bois.

J'attends Alice dans le café du Chinois. J'ai passé ma journée à l'école de ballet. En sortant, j'ai été surprise de l'odeur dans l'air, on sentait quelque chose de moins froid, de moins dur. Dans un mois, les danseuses donneront le spectacle de fin d'année. Après, Paul reviendra et ce sera avril, mai, les longs après-midi à traîner dans le Mile End. J'ai mal à la tête à cause de l'alcool. Je sors un gros flacon d'analgésiques. J'en ai toujours sur moi. Comme mon père. Un autre lien.

Alice pointe son petit visage à travers les fenêtres du café. Elle porte un perfecto de cuir noir sur une jupe de velours rouge très courte. La forme de son corps accuse son âge, son accoutrement d'adolescente est ridicule. C'est la première fois que je le remarque. Elle m'embrasse sur les deux joues, me regarde avidement, évalue les dégâts. Ses yeux s'attardent à la hauteur de mon front, là où mes cheveux sont le plus clairsemés. J'attends qu'elle en finisse. Elle enlève son veston, elle porte un chandail très ajusté, d'un rouge plus clair que la jupe. Je me demande pourquoi je l'ai appelée, pourquoi je me suis infligé ces douleurs musculaires qui sont en train de naître derrière ma nuque. Je n'étais pas obligée, elle ne m'aurait jamais trouvée chez Paul et j'aurais prétendu ne pas avoir reçu son message à temps. Elle est là, devant moi, interrogeant le Chinois. Il ne fait pas de décaféiné, elle opte pour un thé au jasmin. Elle parle de l'émission de mon père qu'elle a regardée dans sa chambre d'hôtel, elle reprend à son compte des propos que j'ai entendus et lus cent fois. Ce sont les mots de mon père, elle répète : rythme, vérité, vraie vie. Elle parle de l'argent qu'il doit faire à profusion. Je dis que je n'en sais rien. Elle commence à s'ennuyer en province. Elle aimerait beaucoup venir vivre à Montréal. Ça aussi, je l'ai entendu cent fois. Elle a vu Paul et sa chanteuse. Elle dit qu'il se débrouille bien. Toutes les critiques qu'elle a lues faisaient son éloge, on parlait de lui autant que de l'interprète. Je ne l'écoute que d'une oreille, elle va passer la prochaine demi-heure à me répéter ce qu'elle entend dans les corridors au bureau ; des propos semblables à ceux qu'on peut entendre ces temps-ci dans les émissions culturelles. Elle n'en changera pas un mot. Elle prêche, comme mon père, comme Mel : ils ont la croyance absolue qu'ils sont dans la vérité. Elle m'ennuie.

Je ne sais pourquoi, je pense à ma mère, à la dernière fois où je l'ai vue, à ma question sur la petite ville du Nord, à la propreté. Je promène mon regard sur les os des clavicules d'Alice, sur ceux de sa cage thoracique qu'on peut presque compter sous son vêtement moulant. Je ne parle pas, je ne me rends même pas compte qu'Alice attend une réponse. Elle dit que je suis dans la lune. Elle me tend une coupure de journal où on aperçoit sa mère, le regard souriant. Elle dit qu'elle est de plus en plus belle. On la voit fréquemment dans des annonces publicitaires locales. Alice en a enregistré quelques-unes sur une cassette vidéo. Elle me les montrera un de ces jours. Je saisis la coupure de journal, la femme a visiblement rajeuni, rien à voir avec la femme austère de mon souvenir.

Je regarde Alice dans les yeux, elle s'est mise à parler de l'opération de sa mère. Un tout petit *lifting* qui a tout changé. Je trouve tout cela grotesque. Notre adolescence commune me remonte à la gorge, la froideur de sa mère, son exigence, sa perfection, une perfection telle que cela me sidérait. L'origine de la perfection d'Alice. Alice parle de sa mère, de leur amitié, de la merveilleuse relation qu'elles ont maintenant. Elle parle ensuite de sa dernière flamme, elle l'a rencontrée le mois dernier. Cette fois-ci, elle le sent, c'est la bonne. Hier, elle lui a parlé une heure au téléphone, ils ne s'étaient quittés que la veille. Il est un peu plus jeune qu'elle. Alice dit : plus jeune mais « mature ». Je déteste ce mot.

Elle me parle encore de sa mère, j'ai du mal à faire le lien entre la femme du journal et celle en surblouse que j'ai connue. « Surblouse », c'est le mot qu'elle utilisait pour parler des sarraus en tissu synthétique sombre qu'elle portait toute la journée pour protéger ses vêtements. La mère d'Alice me fascinait. Elle ne fumait pas, ne parlait pas inutilement, était réservée. Une réserve presque religieuse, apprise, polie. C'était une femme qui ne commettait pas d'erreurs, jamais, ni en coupant la viande, ni en calculant d'avance les portions à servir. Chez la mère d'Alice, tout était calculé, réglé, même le nombre de canettes de coke qu'on consommait. Tout était calme, c'était une maison sans menace, où rien ne pouvait arriver, où rien n'est arrivé, sauf récemment lorsque sa mère s'est mise à faire des messages télévisés et à exhiber son visage refait à neuf. Je ne sais pas pourquoi, je me suis mise à avoir honte pour Alice. Alice qui souhaitait désespérément voir son image à l'écran de télévision, qui travaillait son corps depuis des années et qui n'avait réussi qu'à parler de garanties sur les voitures et de consommateurs abusés. Tout ça étant loin des préoccupations nobles et culturelles d'Alice. Sa mère était en train de lui damer le pion. Cette femme déjà vieille assise en face de moi me fait pitié. Alice sourit. Elle vit en permanence dans de bons sentiments. Elle ne hait pas sa mère, trouve fabuleux le résultat de l'opération. Paul aurait dit qu'elle avait des émotions de banlieue, prêtes-à-porter, propres et sans odeur ; des émotions lisses, sans épaisseur comme celles de ses sœurs ; des émotions décrites et répertoriées dans les revues féminines. Alice et moi n'avons plus grand-chose à nous dire, nos rencontres sont de plus en plus espacées et de plus en plus silencieuses. Les conversations de notre adolescence ne sont plus possibles. Nous sommes loin des acteurs italiens et des rengaines de Serge Lama.

Je n'aurais pas dû lui téléphoner, je suis lâche, d'une lâcheté qui me fait honte et me fait souffrir. J'ai envie d'étriper sa mère sur-le-champ. Les parents vautours devraient être fusillés à vue comme les pilleurs lors des désastres. Alice s'extasie. Elle a toujours obéi, certaine que c'est ce qu'il fallait faire. Elle obéissait avec acharnement. Elle serait récompensée. Je le voyais dans ses yeux, elle attendait la récompense. Je savais qu'elle attendait en vain.

Alice me parle encore de mon père comme si c'était le seul sujet possible. Pendant un certain temps, elle a pensé qu'avec ses relations, il lui trouverait peut-être quelque chose dans le milieu. « Milieu », Alice se plaît à dire ce mot, à le faire sonner comme un vieux pro, et pourtant, à chaque fois qu'elle le prononce devant moi, il sonne faux. Alice est ratée. Mon père ne l'a jamais rappelée. Je le savais mais je ne lui ai rien dit. Mon père construit depuis des années une frontière étanche entre son ancien monde et la vie publique qu'il mène maintenant. Le gros adolescent obèse qui haranguait les élites locales de la petite ville du Nord en les appelant par leur prénom et en leur donnant des conseils semble n'avoir jamais existé. Ces jours-ci, c'est à cet adolescent que je pense. Je le porte aussi dans ma graisse.

Depuis la nuit chez ma mère, j'ai l'impression que toutes ces histoires sont gravées dans les couches de ma graisse, celle de mon père, celle de ma mère, la maison entourée de sapins, la petite ville du Nord où je ne suis presque jamais allée. Les odeurs aussi, celle de ma grand-mère, de ma tante ; ces femmes grasses, exclues du monde, contentes de l'être. Des femmes comme Yvonne, toutes coiffées de la même façon : cheveux courts et frisés dur, vêtues été comme hiver de survêtements de coton sombre. Je pense à elles pendant qu'Alice se lève pour partir et attend que je règle l'addition. Je me lève aussi, remets ma cape, me dirige vers la caisse du Chinois. Alice regarde avec étonnement la femme du Chinois qui dort, la tête appuyée sur le comptoir. Je paie mon café mais pas sa consommation. Alice est surprise, elle sort son portefeuille, l'échappe. Elle n'est pas dupe. C'est un geste de rupture. Je suis contente de mon courage. Sur le pas de la porte, je ne l'embrasse pas. Nous ne nous attardons pas ; pas de piétinements comme le font les gens transis de froid qui ne veulent pas se quitter, prêts à étirer encore un peu le temps passé ensemble. Je dis que je vais prendre un taxi de l'autre côté de la rue. Je ne veux pas marcher jusqu'au métro avec elle. Elle part de son petit pas alerte, ses pieds frappent le trottoir, je me dis que l'on entend ses os se heurter. Dans le taxi, je donne l'adresse de Paul, hébétée.

Assise à l'arrière de la voiture, je continue d'imaginer le bruit des os d'Alice. C'est du délire et j'ai peur. Je pense encore à sa mère et à son extrême propreté, au point où elle cessait très tôt de laver des couches parce qu'elle tenait un registre des heures où les enfants faisaient leurs besoins et qu'elle étalait sous eux du papier journal qu'elle jetait. C'est Alice qui me l'a raconté. Je l'ai dit à ma mère, elle a répondu que je racontais des histoires. Ma mère croit toujours qu'on raconte des histoires, elle ne croit que ses sœurs et ce qu'elles lui disent de la petite ville du Nord et rien d'autre. Ma graisse renferme aussi toutes les histoires que je n'ai pas pu raconter. Ma mère se confinait dans la réalité simple d'une maison à nettoyer, de téléromans, de réclames des marchés d'alimentation. Tout le reste lui échappait. L'ascension sociale de mon père ne l'avait que bouleversée davantage. Elle s'était accrochée à sa ligne téléphonique, à sa mère, à ses sœurs, aux événements de la petite ville. Les adolescents hargneux de son sous-sol étaient des bêtes à nourrir et elle les avait gavés pour ne pas entendre leur voix. La maison était remplie de trésors que nos amis venaient partager avec nous. Alice dévorait tout sur son passage, ébahie par cette abondance. Alice profitait de cette désorganisation. Ensuite, elle avait continué à profiter de moi, c'était naturel, cela allait de soi. Tout à l'heure, j'étais triste de la voir attendre sa récompense et maintenant je la hais. Elle était triomphante, squelettique et triomphante. Il lui avait été facile de profiter d'une baleine échouée dans un sous-sol.

En arrivant chez Paul, j'ai augmenté le chauffage, j'ai mis tous les thermostats au maximum. Je voulais qu'il fasse chaud, j'avais l'impression que j'étais sur le point de tomber malade. Il me semblait que j'étais fiévreuse. L'effort que j'avais déployé avec Alice en ne payant pas sa consommation m'avait épuisée.

J'ai pris la bouteille de Southern Comfort et je m'en suis versé un grand verre. Je buvais de plus en plus, comme Mel, dès que je mettais les pieds dans un appartement bien chauffé. Mel parlait souvent de la chaleur et des longues heures qu'il passait au froid dans sa camionnette glaciale. Mel qui avait laissé plusieurs messages sur mon répondeur téléphonique et que j'avais peur de voir surgir à la porte de l'école de danse comme il l'avait déjà fait, bien que la rue Saint-Denis fût pour lui l'autre monde. Son univers se confinait au boulevard Saint-Laurent et à Côte-des-Neiges où il allait voir sa mère en haut de sa tour d'habitation. Mel qui a décidé de me tenir au courant des progrès qu'il fait chaque jour et de me donner des nouvelles du groupe de miraculés qu'il rencontre chaque semaine dans une des ailes de l'Hôpital juif. Il dit qu'il mincit mais que nous devons d'abord mincir dans la tête. Il me répète cette chanson tous les jours dans de longs messages que je n'écoute pas jusqu'au bout. J'ai juste le temps de ressentir dans mon corps l'effet de sa voix et de son accent traînant. Mel a une voix qui me traverse le bas-ventre. Il en a toujours été ainsi. Il connaît son pouvoir. L'alcool et la chaleur produisant leur effet, je vais mieux, assez pour prendre le combiné et actionner mon répondeur. Il y a d'abord Mel puis la voix de Paul avec de l'écho. Il dit qu'il essaiera demain à la même heure. Il veut me parler. Montréal lui manque. Il y a la voix de ma mère. Elle veut venir me rendre visite au cours de la semaine. Elle s'efforce de paraître naturelle, sa voix la trahit. Elle rappellera. Je sens qu'elle hésite à me demander de lui téléphoner. Elle a peur. Je l'ai terrorisée. On a raccroché plusieurs fois, je suis certaine que c'est Mel. Je suis fatiguée. Je m'étends sous la couette de Paul, la bouteille d'alcool près de moi. J'attends la chaleur.

J'ai téléphoné à ma mère depuis l'école de danse. Elle passera après son travail. Elle m'a dit qu'elle avait appelé plusieurs fois et qu'elle avait raccroché. Elle a pensé que j'étais partie pour quelque temps. J'ai dit que j'avais dû m'occuper de l'appartement de Paul. Elle a paru rassurée. Ma mère aime les explications simples.

En arrivant chez moi, j'aperçois sa voiture. Elle est déjà là. Elle me dit que c'était tranquille au magasin et que madame Dufresne lui a permis de partir plus tôt pour éviter la circulation. Elle a mis les magazines qu'elle m'apporte dans un sac de plastique. Elle me le tend. Je le prends et nous montons. C'est plus fort que moi, j'aimerais lui éviter la vue de cette cage d'escalier brune. En poussant ma porte, je me rends compte que j'ai laissé les esquisses de Mel sur la table et que je n'ai pas essuyé les taches de boue sur le plancher. Je n'étais venue que pour chercher des vêtements. L'appartement semble abandonné. Il y a plein de courrier tombé par terre. Ma mère a eu le temps d'apercevoir les dessins. Elle ne dit rien, je prends tout ce qui traîne et le jette pêle-mêle sur mon lit. Lorsque je reviens, elle a déjà un linge dans les mains pour essuyer le plancher. Je dis que j'étais chez Paul et je mets de l'eau à bouillir. Je fouille dans l'armoire pour trouver du lait évaporé. J'en garde toujours une provision. J'ouvre la boîte de conserve avec le couteau suisse que Mel m'a donné. Ma mère me surveille, me regarde percer la boîte avec la pointe du couteau. Elle s'installe à sa place habituelle pendant que je mets devant elle le pot de café en poudre et la tasse. Elle se lève pour rincer le linge qu'elle a toujours à la main et nettoyer le lait évaporé qui a giclé sur la table.

Je m'assois face à elle et nous attendons le sifflet de la bouilloire. Elle est silencieuse. Je sais qu'elle ne reparlera pas de la nuit que j'ai passée chez elle, ni de la grosse maison que mon père continue de lui payer, ni de ma colère, ni de mes cris. Ma mère est prise au piège. Je la vois s'agiter sur sa chaise. Ma mère a peur des mots. Je l'ai toujours su, elle a peur du langage, de ce que les mots révéleraient. C'est une peur de la petite ville du Nord. Une peur qu'elle partage avec ses sœurs et sa mère. Leur langage est codé, délimité par des mots précis, et elles ne s'en éloignent jamais. Ma mère ne dit jamais rien sur mon père. Lorsqu'il est parti, il n'y a pas eu de crises, pas de larmes, en tout cas elle n'a jamais pleuré devant moi et mon frère. Elle avait toujours le visage intact et les lèvres dessinées et maquillées exactement comme maintenant. Elle croit aussi que tout ce qui est arrivé est un peu de sa faute. Elle n'aurait pas dû épouser mon père, il parlait trop. Cela n'annonçait rien de bon. Toutes ses sœurs le lui avaient dit. Je la regarde. Elle est mal à l'aise. Elle ne sait plus comment se comporter. Depuis la nuit dans le sous-sol, j'ai brisé ses repères. Elle m'a toujours résumée à une explication simple. J'étais grosse comme la mère de mon père, comme beaucoup d'autres femmes de la petite ville du Nord.

Je ne sais pas si j'invente ce qu'elle croit. Je pense à mon père. Devant ce silence organisé, devant les mots permis et les autres qui étaient interdits, devant la liste des écarts intolérables, devant la peur dans les yeux de ceux de la petite ville du Nord, devant la honte, devant les dangers de révélation, il avait choisi la fuite et le mépris, mais il ne réussissait pas à se passer de leur approbation. Cela expliquait les coups de téléphone dans la petite ville du Nord, les complets sombres et son sérieux ridicule. J'ai pensé qu'il était devenu une sorte de prêtre. Il prêchait les valeurs hollywoodiennes au petit peuple. J'ai pensé à Paul, j'avais une nouvelle théorie, j'étais assez fière. J'avais hâte de lui en parler. Je souris à ma mère. Elle a peur. Ma mère n'a pas de mots pour parler de notre dernière rencontre. Elle se tient droite comme une accusée. Mon lien avec cette femme est éternel et impossible. Il en a toujours été ainsi. Nous sommes condamnées à ces vingt minutes par mois et à ces cafés instantanés. Ma mère n'a pas assez de mots pour faire face à cette grosse femme obèse. Ma graisse vient de mon père, de sa lignée. Elle n'y peut rien. Elle a tout essayé, en tout cas jusqu'à son divorce. Après, elle n'a pas beaucoup de souvenirs, tout lui a échappé. Accrochée à son évier et à sa fenêtre de cuisine, elle a maintenu la grosse maison à flot. Elle a traîné son enfant obèse chez des médecins de sa banlieue cossue qui affirmaient ne pouvoir rien faire tant que l'enfant n'aurait pas atteint la fin de sa croissance. Ses sœurs parlaient d'hérédité. C'était l'hérédité. Tous les habitants de la petite maison blanche avaient cette tare. « Hérédité », c'est un des mots des sœurs de ma mère, un mot qui calme, qui vient de Dieu, qui apporte la paix et qui m'a enfermée dans cette graisse à tout jamais. Je tremble, je ne veux pas laisser cette histoire-là en suspens. Je n'arrive pas à me résigner. Je dis à ma mère que notre lien est éternel et impossible. Je ne sais pas ce qu'elle comprend. Elle vacille à peine. Elle sort de son sac une trousse à maquillage, comme chaque fois qu'elle s'apprête à partir. Elle vérifie ses yeux, descend le petit miroir à la hauteur de ses lèvres, sort son rouge, redessine parfaitement sa bouche. Je lui ai toujours envié ce geste, cette précision. Je sais qu'il la délivre de l'angoisse. Elle attend encore un peu avant de se lever. Elle ne me regarde pas. Les mots l'ont à peine effleurée, elle ne les connaît pas, ne peut pas les rapporter à ses sœurs, ils sont inutiles. D'ailleurs, elle ne leur parle jamais de moi. Ses sœurs ne lui posent pas de questions non plus. Depuis longtemps, elle m'a enfermée dans une ou deux phrases toutes prêtes à dire au cas où on l'interrogerait. Je ne sais pas si elle le croit vraiment. J'invente peut-être ce qu'elle pense, comme toujours. Là aussi je fais comme mon père. Elle se lève, dit qu'elle me téléphonera.

Elle part comme d'habitude, sans hâte. Elle regarde l'heure à sa montre, dit que l'autoroute va être embouteillée, c'est l'heure du retour des travailleurs. La nuit est déjà tombée. À peine ma mère est-elle sortie que la sonnette de l'appartement retentit. Je crois qu'elle a oublié quelque chose ou que les mots l'ont finalement atteinte et qu'elle veut parler. J'actionne le bouton pour ouvrir la porte, glisse ma tête dans l'embrasure de la porte, c'est Mel. Il dit bonjour de sa voix qui traverse mon ventre, le vide de l'escalier en amplifie l'effet. Je n'ai pas la force de résister. Il monte les marches rapidement. Il a minci. Il porte sous le bras des bouteilles de vin blanc et un sac de moules. Il demande où je me cache. Je dis : chez Paul. Mel me questionne encore : qui est la femme qui vient de sortir de chez moi ? Je dis : ma mère. Il est sidéré. Je ne sais pas ce qu'il croyait. Mel pense que toutes les mères canadiennes-françaises sont comme celles qu'il a connues rue Marie-Anne, il y a quarante ans. Je m'assois. Il prend d'assaut la cuisine. Il a apporté tout ce qu'il faut pour préparer les moules. Il parle sans arrêt, de son groupe, des moules qui ne contiennent pas de calories. Il a déjà ouvert une bouteille de vin qu'il boit au goulot et qu'il me sert dans le premier verre qu'il trouve dans l'armoire. Ses vêtements pendent déjà sur le dossier des chaises. Il fait la cuisine en caleçon. Je n'ai encore rien dit. Il glisse ses mains sur mon dos et sur mes seins, il défait mon soutien-gorge. Il avale mes seins en même temps que le vin. Il dit que j'ai la peau la plus douce du monde. Je n'essaie même pas de lui parler. Les moules sont vite prêtes. Mel aligne des assiettes devant nous. Il ne met pas de nappe. Le bouillon déborde des assiettes. Il fouille dans l'appartement pour trouver des chandelles, il les allume toutes. Il sort une cassette de Barbara qu'il fait jouer. La cuisine est pleine de l'odeur de l'ail et du vin blanc et aussi de celle de Mel. Il allonge sa main dans le noir pour me caresser les seins. Il mange des moules et m'embrasse en même temps.

La voix de Barbara m'arrive de loin entre les caresses de Mel et le goût des moules, il m'entraîne sur le lit, jette tous les papiers par terre. Il me déshabille. Je ne résiste pas. Il me pénètre sans attendre. La jouissance de Mel est immédiate. Il se retire, me caresse, me raconte le mois qu'il vient de passer, tout ce qu'il a appris. Je me lève pour aller ouvrir une autre bouteille dans la cuisine. Je pense à ma mère et à ses lèvres bien dessinées. J'apporte la bouteille dans le lit. Mel parle, sa voix emplit la chambre, emplit mon corps.

Je bois jusqu'à ce que je tombe endormie.

Je me suis éveillée le corps inondé de sueur. Je suis restée longtemps dans mon lit avant de me lever. Mel était parti, je ne l'avais pas entendu. Il supportait mieux l'alcool que moi. J'ai pensé qu'il allait passer des jours à boire et à manger des sardines grillées et des paëllas dans le restaurant portugais de la rue Duluth qu'il fréquente comme une cantine. L'alcool de la veille le ferait rompre avec des semaines de régime draconien. Pour plusieurs jours, ce serait la dérive. Les miraculés de l'hôpital devront se passer de lui. Il ne sera pas sauvé. Je le savais.

J'ai pensé aux clients du restaurant et aux hommes qui passaient la journée près de la porte du café qui le jouxtait. Ils discutaient ou jouaient aux cartes en égrenant de courts chapelets de perles noires. J'ai toujours cru que c'était des hommes libres. Je ne sais pas pourquoi, l'exil de ces hommes m'est toujours apparu comme la liberté absolue. Il y avait de cette liberté dans leur voix, dans leur costume noir élimé. Mel cherchait cette liberté à travers eux, même s'il était né ici. Il aimait la manière dont ces hommes lui faisaient une place à leur table, leur odeur. Il parlait leur langue. Il les faisait rire. Leur rire le lavait du mépris de son père.

C'est à mon père que je pense maintenant avec une compassion soudaine, insoupçonnée, une compassion dont je ne me serais jamais crue capable. Mon père en exil, lui aussi, mais un exil de pacotille, un exil de nouveau riche, un exil de condo avec vue sur la montagne, de maison de campagne dans les Laurentides. Un exil acheté, au prix de son travail et de ses efforts, un exil sans départ, un exil le ramenant sans cesse à ceux de la petite maison blanche. Il leur parlait à travers leur téléviseur maintenant. Depuis la nuit dans la chambre du sous-sol de ma mère, la nuit du chaînon manquant, je sais que l'histoire de ma graisse a commencé là, comme l'histoire de l'angoisse de mon père. Tout me ramène là, et je n'ai que des souvenirs d'odeurs et des images de femmes débordant de graisse et de maisons blanches pareilles plantées les unes à côté des autres dans lesquelles vivent les frères et la sœur de mon père. Mon père avait dû partir très tôt. Derrière le prétexte officiel des études, je sais maintenant qu'il y avait autre chose. Ma graisse porte autre chose. Les scénarios de mon père parlent tout le temps de fils triomphant de difficultés insurmontables et de pères durs, par amour : des histoires qui finissent toujours par des larmes de repentir sur un lit d'hôpital. Des récits mielleux, qui me donnent envie de vomir. Mon père attend la réconciliation comme Alice la récompense. Il attend la réconciliation dans sa grosse voiture noire, le téléphone cellulaire sur son cœur. Toutes ses apparitions publiques n'ont qu'un seul but, toutes les qualités de cœur qu'il exhibe, sa simplicité, sa bonté de gars de la campagne, son franc-parler, tout cet étalage de bons sentiments cache sa quête, son besoin d'amour. Rien d'autre ne peut exister. La voix inquiète de mon père après la télédiffusion de ses histoires, ses appels répétés à ceux de la petite ville du Nord, ses entrevues radiophoniques, à l'aube, dans les stations locales, ses professions de foi envers la famille, les liens du sang, sa séparation *clean* d'avec ma mère, l'argent, tout ce qui a rendu ma mère étrangère à elle-même, tout sert à cette quête. Mon père s'est perdu dans cette quête. Il est épuisé de perfection comme Alice le deviendra sans doute. Je dis souvent à Paul que j'attends le faux pas, la fêlure, le désordre. Je dévore les magazines où il est question de lui pour essayer de voir venir la faille qui le propulsera dans l'opprobre, dans l'échec, dans les mauvais sentiments, dans ce qui lui fermera la porte des magazines officiels et le reléguera aux journaux jaunes de vedettes dont l'encre salit les mains et qui se nourrissent de descentes aux enfers. Je me lève, ne prends pas le temps de manger. Je remplis un plein seau d'eau chaude, y verse de l'eau de Javel, ouvre les fenêtres malgré le froid. Je ne verrai plus Mel.

Je décide de lui écrire une lettre. J'irai la porter chez lui. Je raconte tout, son oncle, sa mère, le mot mépris, ce que je sais de son histoire, de ses mensonges et du caractère dérisoire de son groupe de miraculés. Je lui dis que je ne veux pas être sauvée, je garderai de lui le souvenir de son odeur et celui de sa voix qui traverse mon ventre. Je sais que les mots inscrits sur la lettre sont sans appel et que Mel ne reviendra pas. Une grande partie de cette lettre est sacrilège : ma charge contre sa mère, contre sa tyrannie et contre la manie de Mel d'arpenter le boulevard Saint-Laurent dans sa vieille camionnette blanche comme une souris en cage. Mel s'enferme dans un territoire limité. Je lui dis que c'est une autre histoire de ghetto. J'utilise tous les mots interdits, ceux que Mel ne prononce jamais, ceux dont il se moque souvent. Je vais lui porter la lettre tout de suite, malgré ma tête qui tourne et mes nausées. Il faut que cette histoire cesse, parce que j'ai peur du mépris. C'est ce qu'il cherche. Le mot me bouleverse encore. Cela doit finir maintenant avant que le mépris ne s'installe. Je sors, nous sommes au début du mois de mars, il fait un froid de janvier. Si la lumière n'était pas plus éclatante, il n'y aurait aucun signe de la fin de l'hiver. Je descends Saint-Laurent vers le sud. À cette hauteur, les vitres des commerces sont sales et plusieurs édifices sont inoccupés. Leurs fenêtres sont pleines d'affiches annonçant les heures des offices de sectes sud-américaines qui ont, en guise de temples, d'anciens locaux de magasins de meubles italiens. Tout cela est d'une pauvreté à la limite du supportable. Il n'y a pas de passants. Après le viaduc, je prends la rue Bernard. Je tombe dans un quartier sale et humain, dans une ville habitée. Je coupe à travers une rue transversale. Au coin de Saint-Viateur, il y a un commerce juif qui vend des encadrements. Cela n'a rien à voir avec les commerces du genre de la rue Saint-Denis. Mel a raison, il est d'un autre monde. Collée à l'intérieur de la vitrine sale, une reproduction montre des hommes juifs hassidim et des petits garçons en train de faire une danse traditionnelle. On dirait un tableau religieux. Tous les visages sont joyeux et dessinés avec soin. Ils ont tous des pommettes rouges et malgré le noir des habits des hommes, c'est un tableau coloré. J'essaie de lire, à travers la saleté, l'inscription au bas de la reproduction. C'est écrit : *Chassidic dance*. Cela me rappelle les images pieuses de mon enfance. Je continue jusqu'à l'appartement de Mel. Je monte, sa tante se pointe dans la fenêtre lorsque je redescends. Je me demande si elle surveille Mel de la même façon. Je me retourne et soutiens son regard jusqu'à ce qu'elle laisse retomber son rideau. Je me dis qu'elle m'a reconnue.

Je ne pourrais pas vivre sous une telle surveillance.

Je m'arrête au café des Arabes. Le serveur actionne sa machine à café sans me regarder. Il est en grande conversation avec un homme qui fait les cent pas devant le comptoir. Il parle fort dans une langue aux intonations qui m'effraient un peu. Il est encore tôt. Je prends le verre de *caffè latte*, tends une pièce de deux dollars. Je me retourne tout de suite vers la salle sombre. Je me souviens de la dernière fois que j'y suis venue, de la texture du savon rose liquide sur le papier brun. Je ne devais plus voir Mel. Je pensais m'en tirer sans rupture officielle, sans haine, sans excès. Je suis anxieuse. Je crois que le contenu de la lettre pourrait le tuer. C'est une croyance de ma mère, le langage qui tue, qui va trop loin, qu'on ne peut plus rattraper. J'étends mes jambes sous la table, laisse prendre à mon corps tout l'espace dont il a besoin. On est samedi, le quartier grouille d'hommes vêtus de longs manteaux noirs et d'étoles de fourrure. Ces images me calment. Je pense à Mel encore, à sa hargne, à sa souffrance. Il ne pouvait pas supporter la vue des hassidim sans se mettre à crier. Je ne comprenais pas pourquoi il avait décidé de vivre au milieu d'eux. Mel avait toujours la même réponse. J'étais d'un autre monde. Je reprends un café, je ne me décide pas à partir. Il me semble que mon corps se repose enfin, ne se contracte plus. Je devrai retourner chez Paul, pour ranger mon désordre. Le deuxième épisode de l'émission de mon père sera diffusé mardi, je me donne jusque-là pour réintégrer mon appartement. J'ai encore beaucoup de travail à faire à l'école de danse et au conservatoire. Encore trois semaines remplies et après ce sera le spectacle de fin d'année pour les danseuses et les concours au conservatoire. Cette année, les finissants devront les passer à Québec. Au début d'avril déjà, je serai libre de traîner ici pendant des après-midi entiers avec Paul. Il aime l'endroit encore plus que moi. J'ai hâte que s'étale devant moi tout ce temps jusqu'en septembre. Je me décide à rentrer, j'achète, en passant, avenue du Parc, des morceaux de tarte feuilletée aux épinards et de la purée d'aubergine que je pourrai manger en arrivant. Il reste du vin de la veille et du Southern Comfort. En rentrant, je me plongerai dans un roman de Brookner. Je peux rester des heures à lire et à relire ses romans. Le froid humide de Londres, l'absence d'action, le dégoût de la nourriture, cet univers répétitif me fascine. J'ai marché lentement en revenant par le même chemin. Il y avait un bazar au sous-sol de l'église au coin de Saint-Zotique et Saint-Laurent. De grosses femmes sud-américaines en sortaient avec des petites filles vêtues comme des poupées anciennes, leurs manteaux ouverts sur des robes de satin aux couleurs criardes. Elles ne savaient pas comment se tenir, semblaient conscientes d'être déguisées et évitaient le regard des passants. Elles avaient des yeux effrayés. Plusieurs femmes attendaient l'autobus pour monter vers les quartiers d'immigrants du nord de la ville. Je me suis fait un chemin à travers elles et à travers l'odeur de parfum bon marché qu'elles dégageaient. La pauvreté et l'exclusion ont des odeurs. Elles étaient d'un autre monde. Mel avait raison. Cela me peinait.

Dans l'appartement, tout sent l'eau de Javel. Je m'assois devant mon répondeur. Paul dit que c'est une pièce de musée. La bobine se déroule ; Mel a raccroché plusieurs fois en soupirant très fort pour que je sente son exaspération. Un message de Paul, je l'avais oublié. Il dit qu'il me rappellera samedi. Un message de mon père aussi. Il a sa voix anxieuse, il a dû téléphoner lors de la diffusion de sa première émission, juste après avoir parlé à ceux de la petite maison blanche. Il halète au téléphone, n'a rien de particulier à me dire, il aurait voulu parler. Je réécoute le message, je n'ai plus de haine, elle s'est dissoute dans la chambre du sous-sol de ma mère. Je ne ressens qu'une douleur diffuse à l'écoute de sa voix. Les paroles de mon père et son angoisse se fraient un chemin à travers ma graisse et me font souffrir.

Paul ne reviendra pas avant la fin mai, j'inscris la date sur le calendrier de la cuisine suspendu à un clou derrière la porte de l'armoire. C'est un calendrier comme dans mon enfance avec des mois détachables et une image du Sacré-Cœur tout en rouge et en dorures. Un vieil homme les vendait de porte en porte pour les œuvres de la paroisse italienne. Je n'avais pu résister, mais je n'avais pas eu le courage de l'afficher dans l'appartement. Je le dissimulais à l'intérieur de l'armoire, mais j'y inscrivais toutes les dates importantes. Je regarde le Sacré-Cœur et je pense à Paul. Le spectacle a du succès. Ils ont pu trouver un autre théâtre. La salle est pleine tous les soirs et il y a des réservations jusqu'à la fin. Paul a écrit que c'était un public poli mais fervent. Le spectacle sera enregistré. C'est le premier disque où le nom de Paul figurera. Cela dépasse toutes ses attentes. Moi, cela me rend triste, je me sens inutile devant le piano du conservatoire et de l'école de danse. Mon corps m'encombre. Ma graisse renferme toute l'inertie du monde. Je suis triste à la pensée du succès de Paul parce que je vais le perdre. Je n'ai aucun espoir sauf celui du temps béni de mes étés montréalais et des montagnes de livres et de nourriture que je place devant moi dans mon salon aux fenêtres couvertes de draps foncés pour empêcher le soleil d'y pénétrer. Je vais perdre Paul. Je suis une grosse adolescente qui a remplacé le sous-sol de banlieue par sa graisse. Elle ne me protège plus. Je me sens épuisée. Mon corps me fatigue : agressé de l'intérieur par toute cette graisse jaune remplie de toxines, il cédera. Les jambes d'abord, qui ne le supporteront plus, et les organes qui s'enliseront dans cette masse gluante. Tout cela ne m'effraie pas. Dans le fond, ce que je veux, c'est pouvoir vivre cachée.

Je pense souvent à la nuit passée dans le sous-sol de ma mère, aux histoires enfermées dans ma graisse, à ceux qui habitent les petites maisons blanches du Nord. Devenu célèbre, mon père a repris contact avec eux. Je ne les ai pas revus depuis la nuit où j'ai eu honte parce qu'ils ne l'aimaient pas. Ensuite, il y a eu l'interdit, le seul d'ailleurs, auquel devaient se soumettre les adolescents du sous-sol. Nous ne devions plus parler d'eux, ni même mentionner le nom du village. Ma mère faisait disparaître les faire-part mortuaires que ma grand-mère paternelle nous adressait. Elle nous tenait au courant des morts. J'avais le temps de regarder les photos avec ma mère avant qu'elle ne les range dans le coffre en cèdre du sous-sol. Je ne sais pas si elle garde encore la boîte à souliers remplie de morts. Elle y rangeait ceux de sa famille aussi. Il y avait des années que je n'avais pas vu de ces cartes où la tête du défunt apparaît sur un fond blanc et où les années de sa naissance et de sa mort constituent la vignette de l'illustration. Je les regardais parfois en fouillant dans le coffre. Il y en avait beaucoup, certaines remontaient à l'enfance de ma mère et elle ne se souvenait plus de qui il s'agissait. Elles étaient assemblées avec des bandes élastiques que je défaisais et ne remettais jamais.

Ma mère disait que mon père exagérait. C'est un mot que je ne peux plus entendre. On me l'a trop dit. Mon père exagérait tout. C'était l'idée de ma mère. Elle le pense encore, elle le dit de ses dramatiques lorsqu'il pousse un peu trop loin les coïncidences.

Paul continue de m'envoyer une carte postale régulièrement. Sur la dernière, un tableau de Delacroix conservé dans une église parisienne et qu'il a découvert au hasard d'un concert. Il passe ses samedis et dimanches dans des salles sombres et humides à écouter des ensembles baroques. Il aimerait que je sois là, il connaît mon goût pour cette musique. C'est sa seule activité en dehors des spectacles. Il ne voit personne sauf la chanteuse et elle reste dans son studio toute la journée à cause du froid, elle a peur pour sa voix. Paul dit que c'est sa dernière tournée, elle est trop vieille pour supporter l'éloignement et la solitude. Elle le dit en souriant. Paul me répète qu'elle est chaque soir meilleure que la veille, et qu'elle se déplace de plus en plus lentement sur la scène. Il croit qu'elle va annoncer qu'elle se retire du métier lors de la dernière représentation. Il dit que tout cela est très doux et qu'il lui arrive de pleurer devant son piano. Je colle la carte sur le frigo, il n'y a presque plus de place. Je suis allée chez lui et j'ai tout rangé. Je lui ai laissé la bouteille de Southern Comfort. Elle était à moitié vide. Paul ne boit jamais, sauf avec moi parce que je lui force la main. Paul a la foi. Il croit que j'ai du talent mais que je ne travaille pas. Il le croit depuis que je l'ai rencontré au conservatoire. Il croit qu'il va se passer quelque chose et que je me mettrai au piano comme on doit s'y mettre, avec son âme et son cœur. Il en est certain. Il m'a défendue au conservatoire et à l'école de ballet. Il y a longtemps que je n'ai plus d'élan, tout est emprisonné dans ma graisse, il n'y a que la voix de Mel qui a pu me traverser et l'horreur du sous-sol de ma mère.

C'est le soir de l'émission de mon père. J'ai mis le téléviseur dans ma chambre et réglé ma couverture électrique. Mes voisins écoutent la même chose. La publicité des gros présidents d'entreprises comprimés dans leurs complets signés recommence. Ils sont arrivés à me convaincre de l'importance de l'émission qui va suivre. Le son de la télé d'à côté résonne, comme un écho. Cela ajoute au tragique. Tout l'appartement est dans le noir. Il n'y a que ce qui va suivre qui compte. L'émission commence, les mêmes repères que l'autre, la résidence luxueuse, les voitures, la qualité de la lumière à l'intérieur du bureau du ministre. Le téléspectateur moyen doit s'y reconnaître. Je ne fais pas vraiment attention à l'histoire, je la connais, c'est toujours la même, le héros parti de rien et qui arrive au sommet seul, seul et puissant. L'histoire de mon père, l'angoisse et la petite maison blanche en moins. Le héros survole en hélicoptère des forêts du Nord, ce sont de très belles images, la caméra domine des montagnes et des lacs. Ils se rapprochent du Nord, la ligne d'horizon s'arrondit. Les arbres rapetissent et puis soudain la vue d'un lac immense, presque une mer. L'émission se termine avec le plan d'un hydravion abîmé, une aile arrachée et la carlingue flottant en déséquilibre. Mon père a le sens de l'intrigue. Le lecteur de nouvelles apparaît et s'interroge sur le sort des passagers avant d'entreprendre la lecture des manchettes. J'attends l'appel de mon père sans oser me l'avouer. Je suis assise dans mon lit, les images défilent devant moi. Le téléphone reste muet. Je me lève pour manger. Le frigo est vide. J'ai envie de poulet chaud et de sauce piquante. Je vérifie si j'ai assez d'argent. La liste des numéros de restaurants est à côté du Sacré-Cœur. Le préposé dit : une demi-heure. Je lui dis de ne pas oublier les deux cokes, il dit non, d'un ton sec. Je sors une assiette et un verre. J'apporte la télévision sur le comptoir de la cuisine. Je n'ai que des cornichons à manger. Mel dit des cornichons français, je ne sais pas pourquoi. Mon père n'appellera pas. Il est trop tard et sa bouffée d'angoisse doit être passée. Je ne sais pas pourquoi, je pense à ceux de la maison blanche. La saison finie à l'école de ballet, j'irai vers le Nord pour les voir. Depuis la nuit chez ma mère, je sais que je les porte dans ma graisse.

La salle d'attente du terminus d'autobus est peuplée d'itinérants et de femmes fortes ; les cheveux frais permanentés et vêtues confortablement de coton extensible et de souliers plats. Des hommes plus jeunes les accompagnent, portant leur valise jusqu'au quai d'embarquement. Plusieurs s'en vont tout de suite, d'autres attendent en tournant en rond que l'autobus s'arrête devant la porte. Il est tôt, nous sommes une vingtaine de femmes à faire la queue, le reste des passagers est composé de vieillards et d'hommes jeunes et impatients. Le trajet vers le Nord dure six heures. Les femmes portent des sacs de plastique remplis de victuailles et de magazines. Je n'ai qu'une bouteille d'eau. Je mangerai une fois à destination. Je n'ai prévenu personne. Je ne sais pas trop comment je pourrai me rendre jusqu'au village de mon père. Peut-être que je téléphonerai pour qu'on vienne me chercher. L'endroit est à une heure de route de la ville principale. Je ne me souviens pas bien.

L'autobus démarre, presque aussitôt des femmes entreprennent des conversations, des propos d'abord anodins sur la température plus clémente au Sud, sur l'excentricité des gens de la ville, puis le ton baisse et on devine les confidences. Je suis toujours étonnée de ce que peuvent se raconter des inconnus dans les avions et les autobus. Les deux femmes sur la banquette avant en sont au divorce de leurs enfants. L'une d'elles affirme qu'aujourd'hui, personne n'est épargné. Il y a un silence. J'en ai le frisson. C'est une phrase biblique. L'autre respecte l'oracle en se taisant, elle reprend le fil de ses propos quelques instants plus tard. L'autoroute file jusqu'à une route sinueuse bordée de sapins. Il reste de la neige dans les fossés et sur les montagnes. Je regarde dehors, je ne reconnais rien, je somnole un peu. Bercée par les voix feutrées, je reconnais certaines intonations. C'est l'accent de ma mère, cet accent qu'elle n'a pas tout à fait perdu et dont mon père avait honte. Le mot « honte » renferme toute l'angoisse de mon père. Mon père fuyait la honte. Les sœurs de ma mère racontaient qu'adolescent il était connu de tous. Il parlait fort dans les autobus, allait dans les assemblées politiques, se faisait remarquer. Il était gros et sa tête rousse le rendait plus voyant encore. Tout le monde s'en moquait. On ne prenait pas impunément la parole dans le petit village. En ville, il vivait chez une vieille tante parce que cela le rapprochait du collège. Il était seul, mes tantes se rappelaient cette solitude, la tête penchée sur le livre qu'il traînait toujours avec lui. Puis, il y avait eu le miracle de sa transformation ; si ce n'avait été de sa crinière rousse, personne ne l'aurait reconnu.

Embauché par la compagnie qui avait fondé son village, il était vite monté. Dans le langage de mes tantes, cela voulait dire partir. Après avoir fréquenté ma mère quelques mois, ils s'étaient mariés. C'était la fille du coin qui ressemblait le plus aux *girls* des groupes de musiciens à gogo qui arpentaient la province. Ma mère avait dit oui à cause du mot instruction que répétaient ses parents et aussi à cause de la façon dont mon père la traitait. Mes tantes se souvenaient de bottes blanches en cuir à la hauteur des genoux que mon père lui avait offertes en revenant d'une de ses réunions à Montréal. Il la gavait de cadeaux. Il avait continué de le faire. Cela avait détruit ma mère. Je ne lui pardonnais pas. Ma compassion récente n'arrivait pas à me faire oublier l'image de ma mère : celle d'une femme « déplacée ». Dans son village, on continuait de dire « le gros », mes tantes le racontaient à ma mère, mais ses récents succès, les articles dans les magazines, le coût faramineux de ses productions télévisuelles, le terme million imprimé dans tous les journaux faisaient hocher les têtes. Le gros adolescent était vengé. Ce n'était pas assez, mon père voulait que ceux de la petite maison l'aiment. Mon père était indécent. À cinquante ans passés, cette quête avait quelque chose de grotesque. J'en avais honte. La honte ne guérit jamais, elle est éternelle.

Pendant quelques minutes, j'entends les éclats de voix des retrouvailles autour de moi. Le terminus vient d'être refait. Il me semble immense pour une ville si petite. Tout est propre. Il y a un comptoir lunch au fond de la salle, et, juste à côté, une librairie d'occasion où une femme obèse est assise face à la caisse sur un banc de bois étroit. Elle a du mal à garder son équilibre et elle doit sans cesse replacer le livre qu'elle tient devant elle. Je trouve que c'est un drôle d'endroit pour tenir un commerce semblable. Je me rends au comptoir, commande une soupe du jour et un *grill cheese*. Je dérange la serveuse, elle est en grande conversation avec un client, elle lui fait signe d'attendre un peu. Elle apporte un café sans que je l'aie commandé et me remets l'addition. Je lis, en bas du feuillet, écrit à la main : Merci Michelle. Elle doit les signer à l'avance, en arrivant le matin. Elle a hâte de se débarrasser de moi. Elle retourne vers l'homme et reprend où elle en était. Tout cela semble très sérieux. Elle regarde l'horloge et dit que l'autobus de Chibougamau va arriver d'une minute à l'autre.

Je vais vers un téléphone public, trouve le numéro de mon grand-père, je ne sais plus ce que je suis venue faire ici. J'essaie de déchiffrer l'heure du prochain départ pour Québec. Je pourrais repartir. Je me sens nerveuse. Je compose, une femme à la voix jeune répond, ce n'est pas ma grand-mère. Je me nomme. Il y a un silence. La voix attend, elle arrive à murmurer : la fille de R... Le prénom de mon père me surprend, je dis oui. Elle demande s'il y a de la mortalité. Je dis que je l'appelle du terminus d'autobus et qu'on doit venir me chercher. Je l'entends raconter cela à quelqu'un, j'entends aussi : pourquoi ? La voix dit un moment et c'est ma grand-mère qui parle. Son gendre viendra me chercher en camion, les hommes ne sont pas revenus de travailler. Elle n'attend pas de réponse.

Je m'assois dans le terminus vide, deux ou trois personnes y entrent pour téléphoner, je me dis que cela doit être l'autobus de Chibougamau. Je surveille la libraire. Elle continue de lutter pour garder son équilibre. Elle ne lève pas la tête de son livre et ne semble pas impatiente. Je n'ai pas vu un seul client. J'attends longtemps. Le trajet entre le village et la ville doit bien durer une heure.

Un homme jeune entre dans le terminus et me regarde. Il est à peine plus âgé que moi. Il s'approche, me nomme, prend mon sac jaune qui me sert de valise, dit que sa femme nous attend dans le camion. Dehors, la lumière est intense malgré la fin de l'après-midi, c'est la lumière du Nord que mon père a tenté de rendre dans sa dernière émission. Je cherche à tâtons mes verres fumés dans le fond de mon sac à main. L'homme dépose mon sac à l'arrière, dans la boîte du camion. Une très grosse femme est assise au milieu de la banquette. Elle a les cheveux blond très clair, presque blancs, qu'elle porte en un chignon relâché. Elle me ressemble, même taille, même regard, mais je la trouve plus belle que moi. Elle a la peau rose, un rose d'image pieuse. Je m'assois avec eux. Je sens le corps de ma tante. Il m'est impossible d'attacher la ceinture de sécurité. L'homme dit de la glisser sur mon épaule et de faire semblant. Je dis que la lumière est belle, plus intense qu'à Montréal. Cela tombe dans le vide.

Ma tante me demande s'il y a encore de la neige, je dis que non. Elle dit : derrière la maison le banc de neige n'est pas entièrement fondu. Puis, le silence retombe. Je me rends dans une maison pleine d'inconnus. C'est encore une route sinueuse, bordée de sapins. On dirait la même que dans l'autobus.

Le village de mon père est planté en plein milieu d'une forêt de conifères. À l'origine, il servait de dépôt à une grosse compagnie forestière : on gardait là toute la machinerie nécessaire à la coupe du bois et les denrées alimentaires y étaient entreposées. On a fini par épuiser la forêt, la compagnie a poussé plus au Nord ses activités et le village est devenu inutile. Depuis, les habitants se rabattent sur l'industrie touristique : la région est parsemée de lacs où les citadins ont des chalets et les hommes du village en assurent l'entretien. À l'automne, plusieurs s'occupent de pourvoiries. Ce sont des hommes habitués à la soumission, leur survie en dépend. Ce sont les mots que mon père utilise en privé, des mots que j'ai entendus des centaines de fois, des mots qui me reviennent. Il les prononçait en arpentant les pièces de la maison de banlieue. Ma mère ne disait rien. Mon père voulait être consolé. Il ne l'a jamais été. Ma mère avait peur, comme elle avait eu peur chez moi la dernière fois ; le langage de mon père l'effrayait davantage que ses cris.

L'homme maigre n'a pas dit un mot de tout le trajet. Lorsque je sors du camion, ma tante me montre le banc de neige, elle dit : regarde. Nous sommes devant une petite maison blanche recouverte d'aluminium. C'est une maison d'ouvrier, une maison propre et entretenue. Ma grand-mère sort sur la galerie et me fait signe. Ma tante nous laisse et remonte dans le camion. Elle habite à quelques mètres. Je vais vers ma grand-mère. J'ai oublié mon sac dans la boîte du camion. Je le lui dis. Elle répond qu'ils viennent toujours après le souper, mes oncles aussi. J'entre, à l'intérieur fleure une forte odeur de viande. Un gros morceau de bœuf est étalé sur le comptoir. Ma grand-mère prend ma cape. Elle ne m'embrasse pas, ne me questionne pas. Elle me regarde, dit que je leur ressemble. Elle me demande mon âge. J'ai trois ans de moins que sa dernière. Elle est retombée enceinte alors que les garçons étaient élevés. Un accident, heureusement l'enfant était normale. La dernière fois que j'étais venue dans cette maison, j'avais douze ans. Elle dit : c'était la nuit de Noël. Je ne sais pas pourquoi j'avais imaginé ma grand-mère idiote. Je suis étonnée par cette femme si sensée. Elle me dit que je vais dormir dans la salle de couture. La pièce est encombrée de piles de tissus qu'elle appelle des coupons. Elle les prend sur le demi-lit et les entasse sur la planche à repasser. Elle y dépose ma cape. Elle dit : les draps sont propres. La pièce a une odeur de poussière à cause du tissu. Je pense que j'essaierai d'ouvrir la fenêtre pour dormir. Je la suis. Je m'assois dans une des chaises berçantes. La maison n'a pas de salon ; dans la pièce attenante à la cuisine, on a disposé des berceuses devant la fenêtre. L'une d'elles est en cuirette orange et une grosse boîte de conserve de tomates vide est placée à côté. Ma grand-mère tranche la pièce de viande et en fait des cubes. Elle dit : je fais à manger pour demain soir, les hommes vont coucher en haut. Je ne sais pas de quoi elle parle. Je ne demande pas d'explications. Je suis plus mal à l'aise qu'elle. Elle dit : ta mère est venue nous voir chaque été. Elle nous donnait de vos nouvelles. Ta mère, elle a gardé son naturel. Je ne sais pas quoi répondre. Je suis dans un monde dont je ne connais pas les codes, j'ai du mal à suivre les propos de ma grand-mère. Je ne sais pas ce que je suis venue chercher ici. Je dis que je ne vais rester qu'une seule nuit. Elle dit qu'elle comprend, que je dois aller dans la famille de ma mère aussi. Je suis surprise. Cela ne m'avait même pas traversé l'esprit. Je ne réponds pas, trop étonnée. Mon grand-père entre, traverse la pièce avec ses grosses bottes, me regarde, interroge ma grand-mère du regard. Elle me nomme. Il me regarde de nouveau, à peine surpris. Il descend au sous-sol, remonte habillé en survêtement gris. Il s'installe dans la chaise orange, met en marche, en tâtonnant un peu, un immense téléviseur. Le bruit est assourdissant. Ma grand-mère met la table. À un signal que je n'ai pas pu déchiffrer, le vieil homme se lève et vient s'asseoir. Nous mangeons dans le vacarme d'un bulletin de nouvelles régionales. Il dit qu'ils vont partir pour deux jours, ils doivent arranger certains toits de chalets et raccorder l'alimentation d'eau. Ils ne me questionnent pas ; c'est comme si je mangeais avec eux tous les soirs depuis des années. Ma grand-mère n'essaie pas d'entretenir la conversation. Tout se passe en silence. Des hommes, mes oncles, arrivent en fin de repas. Ils se servent du thé et du gâteau. Ils sont tous gras sauf mon grand-père. Ce dernier mange à peine et se fait servir dans de petites assiettes. La conversation tourne autour du voyage du lendemain et des estivants. Ma tante arrive, elle tient un enfant blond dans ses bras, gras lui aussi. Demain, elle va avec les hommes. Elle nettoie l'intérieur des chalets et les prépare pour la venue des maîtres. L'enfant gras restera avec son père. Ils parlent tous très fort, avec le téléviseur en bruit de fond. De temps en temps, ils s'arrêtent et contemplent des *snipers* juchés sur les combles de Sarajevo mettant en joue des civils. La caméra montre des femmes à foulards colorés en train de se tordre de douleur. Leur silence ne dure pas et le nom d'un propriétaire de chalet relance la conversation.

Je suis allée me coucher. Je n'ai pas ouvert la bouche. J'étais décidée à partir le plus tôt possible. Je n'arrivais pas à comprendre ce que j'étais venue faire là.

J'ai à peine dormi. Très tôt, j'ai entendu les moteurs des camions, ma grand-mère s'activait dans la cuisine. J'ai attendu qu'il fasse complètement jour pour me lever. Ma grand-mère était assise dans la chaise orange et regardait par la fenêtre. Il y avait un soleil éclatant. Elle a dit que ce serait une belle journée ensoleillée et chaude, le reste de la neige allait fondre. Je ne sais pas où j'ai pris l'idée que cette femme était idiote.

Je pense à mon père, cela vient peut-être de lui. Je n'arrive pas à me rappeler. Ma grand-mère attend. Elle dit qu'il y a du café dans le percolateur, le mot me surprend. Je m'assois en face d'elle. Elle attend que je parle, je n'y arrive pas. Elle me dit : maintenant que les hommes sont partis, tu vas me dire pourquoi tu es venue. Je dis : pour voir. Elle se lève. La conversation ne va pas plus loin. Je sais qu'elle a compris. Je n'ai aucune trace des douleurs que je ressens parfois avec Alice ou avec ma mère. Pendant tout le temps où elle m'a regardée, je n'ai pas eu envie de me dissimuler. Il me semble qu'il y a des siècles que je n'ai pas pensé à ma graisse. Je reste là à contempler la lumière extérieure. Il n'y a pas d'habitation face à la petite maison, juste une forêt d'épinettes à perte de vue.

La cage d'escalier brune résonne de la voix de mon père. Il vient de m'appeler et il est encore en train de parler dans son téléphone cellulaire ; son bras libre porte une pile de dossiers. Il retient la porte donnant sur l'extérieur avec son pied. Il paraît moins gros que dans ses entrevues télévisées. Il entre dans mon appartement en continuant sa conversation, cela dure longtemps. Je tourne en rond. Paul dit qu'exhiber un téléphone cellulaire est une marque de grande impolitesse.

Paul est rentré il y a deux semaines. Il se réhabitue lentement à aimer l'excessive laideur de Montréal. Nous avons passé l'après-midi d'hier ensemble, dans le café des Arabes. Les deux grandes vitrines étaient ouvertes, c'était une journée chaude pour le mois de mai. Tout le Mile-End était dehors. Les vieux Portugais étaient assis sur leur perron. Il n'a pas arrêté de me poser des questions sur mon hiver. Il m'a trouvée changée. Il n'a pas reconnu mon regard. Il quittera encore la ville pour quelques semaines. Lui et sa chanteuse termineront le disque dans un studio des Laurentides. Il a reçu d'autres offres. Il croit qu'il va laisser tomber le conservatoire et l'école de danse. Nous nous éloignons. Je ne quitterai jamais l'enceinte du conservatoire. Le piano avait été une idée de mon père. J'avais fait ces études de façon sérieuse mais sans conviction. Le piano, c'était un effort de plus pour s'éloigner de la maison entourée de sapins. Je n'étais que l'objet de cet effort. Je m'en étais rendu compte très tard. J'étais déjà au conservatoire. Je n'avais pas réagi. Je ne sais pas me révolter, la révolte est emprisonnée avec le reste, dans ma graisse.

Mon père continue de parler et de marcher de long en large. J'attends. Je me rends compte que je fais la même chose qu'avec ma mère. Lorsque je les vois, je me mets à attendre. J'ai une patience infinie. Je réfléchis à peine. J'attends, l'âme enfouie au fond de ma graisse. Il raccroche. Il jette son dossier sur la table, des photos de casting de comédiens et de comédiennes s'étalent partout. Plusieurs tombent sur le sol. Je les ramasse, ces regards raccoleurs éparpillés sur le sol sont indécents. Mon père les replace dans son dossier sans les classer. Il se met à parler, me demande pourquoi je suis allée là-bas. Il crie presque. Il est en colère. Il dit que tout lui tombe dessus, sa douce moitié a accordé une entrevue à un con de petit journaliste et elle lui a parlé de sa relation de couple. Elle a même dit qu'ils consultaient un thérapeute. Il est au téléphone depuis le matin pour empêcher que cela soit publié. Et voilà qu'il a appris que j'étais allée dans sa famille. Ma grand-mère lui a dit que je les avais surpris et qu'elle m'a trouvée vieille et triste. Il ne me laisse pas le temps de répondre, il continue de parler et tout se confond. Je n'écoute plus, mais je vois qu'il est en colère.

Je dis que je vais faire du thé. Je sors les tasses, la théière. J'ouvre ma boîte de métal où je range mes biscuits aux amandes. J'ai besoin de sentir leur texture, d'abord avec mes doigts puis avec mes dents. J'entends alors un cri. Il m'arrache la boîte des mains et la lance du bout de ses bras. Le couteau suisse de Mel est sur l'étagère juste derrière lui. Après le fracas de la boîte contre le mur, il cesse de parler. Je prends le couteau. Je vois le cou gras de mon père et les veines enflées par la colère et les cris. Je tranche, là où je vois les veines. Le sang surgit. Mon père est étonné, il tente d'atteindre son téléphone cellulaire. Je replonge le couteau. Je n'arrive pas à le reprendre. Je le laisse là. Mon père tombe sur le plancher. Je le surveille. Il a plusieurs soubresauts mais il n'arrive pas à se relever. L'odeur de sang de la maison de ma grand-mère et le corps décharné de mon grand-père me viennent à l'esprit. Je ramasse la boîte de biscuits et je commence à en manger.

La bouilloire sifflait. Je l'ai retirée du feu. Le corps de mon père continuait d'avoir des convulsions. Je ne sais pas combien de temps cela a duré. Je me suis mise à surveiller la flaque qui se formait à la hauteur de ses épaules.

Plus tard, je suis allée m'asseoir sur les premières marches de l'escalier. Yvonne est rentrée. Elle m'a demandé qui j'attendais. Elle m'avait souvent vue là, quand je surveillais l'arrivée de quelqu'un. Elle revenait de faire ses courses et elle était chargée de paquets. Je me suis levée pour l'aider mais elle a dit que c'était léger. C'était des essuie-tout achetés en solde à l'épicerie du coin. Elle m'a informée du prix. Lorsqu'elle est arrivée devant chez elle, je lui ai demandé de téléphoner à la police. Je lui ai dit qu'il y avait eu un accident grave chez moi. Elle est redescendue. Je l'ai entendue fermer la porte de mon appartement, puis elle est remontée en courant.

Mon père ferait la une des journaux à scandales. J'ai pensé au Juif qui chargeait des camions, à la lumière de l'aube. Je me suis souvenue de sa paix.

Achevé d'imprimer en août 2017
sur les presses de
Marquis imprimeur

Éd. 01 / Imp. 01
Dépôt légal : août 2017